藏在历史

刘 鹤 著

麦芽文化 绘

里 的 古 诗 词

1

四川教育出版社

前　言

十几年前填报高考志愿时，我在中文专业和历史专业之间犹豫了很久，毕竟向来"文史不分家"。最终，父亲以"读史使人明智"为由为我选定了历史方向，这也为我后来的工作和事业奠定了基础。

记得在学习古诗词时，我的脑海中常常跳出这样一些问题："南朝四百八十寺"，真的有四百八十座寺庙吗？为什么要建那么多寺庙呢？大诗人李白为什么要作诗赠予汪伦呢？戍守边关的将士们是不是对葡萄有所偏爱，否则怎会有"葡萄美酒夜光杯"的名句？在婉转的音律和顿挫的节奏中，这些问题变得越来越清晰，吸引我去寻找答案。而唯有走近诗（词）人，走进历史，才能找到答案。我相信，很多大朋友、小朋友和曾经的我有过同样的困惑，这本书也由此诞生。

爱诗词，爱诗（词）人，更爱那个璀璨的时代。让我们带着这份深爱，一起走进历史，寻找藏在历史里的古诗词。中国古典诗词不仅是浓

缩的汉语精华，充满节奏感、韵律感，散发着迷人的魅力，其深藏的诗（词）人命运、时代特质、社会发展更吸引着一代又一代人去探索。是的，我们传承的不仅仅是语言艺术，更是一种民族文化、民族精神。这套书，并不拘泥于单纯的诗词教学，而是带着孩子一起回到过去，回到历史当中，回到创作的场景当中，看诗（词）人所看，思诗（词）人所思，悲诗（词）人所悲，乐诗（词）人所乐。走近诗（词）人，了解他们，融入他们，进而去见证一首伟大作品的诞生，去感受一个时代的兴衰。这四本书以诗（词）人的生平和古诗词的创作背景为线索，再现古诗词背后的历史故事。我始终相信，被古诗词滋养的孩子，是被生活和命运垂青的幸运儿。他们不仅拥有表达美的技能、创造美的能力，而且拥有纵观千年的豁达胸襟和淡看浮沉的从容睿智。

　　如果你是学龄前的小朋友，请你用此书开启美妙的古诗词之旅。去吧，去看看那些有趣的人和有趣的事！

　　如果你是一名小学生，请你将此书立于案头。当你想学习古诗词时，翻开它，走进诗（词）人的生活和情感，感受时代给予他们的自由与束缚！

　　如果你是一位古诗词爱好者，请你将此书置于床头。在每一个晨昏，浸润于古诗词的美妙中，穿越于历史的浮沉间。

　　我相信，你们一定会爱上它！

刘鹤

2021 年 4 月 20 日

目 录

01. 我为农民代言

有一年夏天，一位叫李绅的小伙子回故乡亳州探望亲友。他的一位朋友请他喝酒并告诉他，还有一位好朋友最近也要来亳州。

"是谁呀？"李绅问道。

"就是你的朋友李逢吉呀！听说他现在当上了浙东节度使，最近要回朝办事，这几天会路过亳州。"

李绅很久没有见到这位老朋友了，于是写信给他，希望他能够在亳州多留几日，和自己叙叙旧。到了相聚的日子，两个人一起登上了城东的观稼台。二人遥望远方的风景，内心都很激动。李逢吉回首这几年为官之路，作诗一首，最后两句是："何得千里朝野路，累年迁任如登台。"意思是说，如果升官能像登台这么容易该有多好。

而此时的李绅却被台下的另一种景象吸引了。他紧紧地盯着田地里劳作的农夫。天气很热，汗水顺着农夫的脸颊流淌下来。

知识小达人

节度使

节度使是我国古代的官职名。节度使的权力很大，可以统领和调度一个地区的人、财、物和军队。

9

李绅仰天长叹了一口气，说："你看这片广阔的农田，被他们辛勤地开垦耕种，没有一点荒地。但即便他们如此努力地劳作，也依然摆脱不了贫困的命运！"他感慨着写下两首诗：

悯农（其一）

春种一粒粟，秋收万颗子。
四海无闲田，农夫犹饿死。

悯农（其二）

锄禾日当午，汗滴禾下土。
谁知盘中餐，粒粒皆辛苦。

知识小达人

粟

粟俗称谷子，是我国古代重要的粮食作物。先秦时期，我国的粮食种类不多，粟是种植较多的谷物。

后来，李绅也做了官，但并不是一帆风顺。晚年的李绅官至宰相，居相位四年。在文学上，李绅与白居易、元稹等一起倡导了"新乐府运动"。遗憾的是，李绅的很多诗已经失传，我们耳熟能详的只有《悯农》二首。

知识小达人

新乐府运动

白居易、元稹、李绅等人认为应该自创新的乐府题目来咏写时事，反映现实，这一文学运动被称为"新乐府运动"。

李绅对农民群体的关注是有道理的。自古以来，农业在我国经济发展中都有着重要的地位，因此农民的地位自然也就不能被忽视。

知识小达人

古代农民的地位高吗？

在我国古代，各阶层的排序大致为"士、农、工、商"，即知识分子、农民、工人和商人，农民的地位仅在知识分子之后，实属不低。

在古代，虽然农民地位不低，但他们实际的生活却很困苦。那时候没有机器，也没有农药，遇上灾荒年份农民便颗粒无收，连饭都吃不上。如果朝廷再多征点税，就会出现"四海无闲田，农夫犹饿死"的惨状。

虽然生活如此不易，但是农民还是乐观的。他们在农闲的时候，也会做做游戏，唱唱民歌。比如先秦时就有一无名氏所作的《击壤歌》，描写的场面是：傍晚时分，五六个农民聚在村口的空地，玩得十分开心。一阵阵欢声笑语，让他们忘记了白天劳作的疲惫。

世世代代，农民们在土地上辛勤地耕耘，没有他们的付出，就没有我们餐桌上的美食。

击壤歌

日出而作，日入而息。

凿井而饮，耕田而食。

帝力于我何有哉！

知识小达人

击壤

击壤是古代农民们玩的一种游戏。参与者把一块鞋子状的木片侧放到地上，在三四十步以外用另一块木片投掷，击中了就算获胜。

看我神投手的厉害！哎呀，不好，歪了！

轮到我了，看我一击就中！

悯^①农 （其一）

［唐］李绅

春 种 一 粒 粟^②，

秋 收 万 颗 子^③。

四 海^④ 无 闲 田^⑤，

农 夫 犹^⑥ 饿 死 。

注释

①悯：怜悯，这里有同情的意思。

②粟：谷子，这里泛指粮食的种子。

③子：这里指粮食颗粒。

④四海：指全国各地。

⑤闲田：无人耕种的荒地。

⑥犹：仍然。

大意

春天播种下一粒种子，到了秋天就可以收获很多的粮食。全国上下没有一块没被耕种的农田，可仍然有种田的农夫饿死。

悯 农 （其二）

[唐] 李绅

锄 禾① 日 当 午②，

汗 滴 禾 下 土 。

谁 知 盘 中 餐③，

粒 粒 皆 辛 苦 。

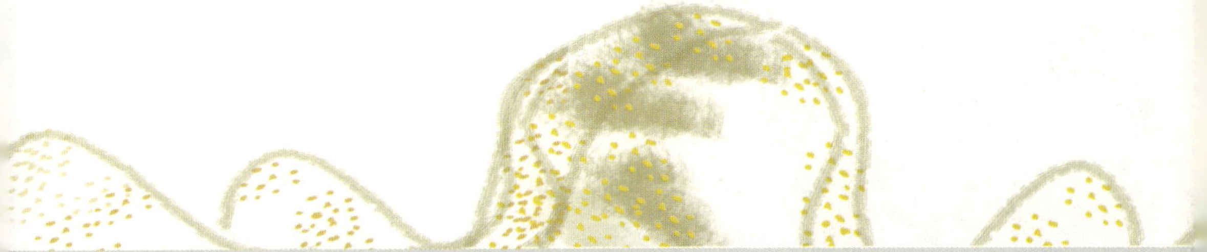

注释
①锄禾：为庄稼锄草松土。
②当午：正午，中午。
③餐：食物，泛指餐桌上的食物。

大意
农民在正午太阳的暴晒下铲除杂草，汗水滴落到生长着禾苗的泥土里。
有谁知道，我们餐盘中美味的食物，每一粒都是农民历经千辛万苦才种出来的。

击 壤①歌

[先秦] 佚名

日 出 而 作②，日 入 而 息③。

凿 井④ 而 饮 ， 耕 田 而 食 。

帝 力⑤ 于 我 何 有⑥ 哉 ！

注释

①壤：一种古代玩具，用木头做成，前宽后窄，形如鞋子。

②作：劳动。

③息：休息。

④凿井：挖掘水井。

⑤帝力：指尧帝的力量。

⑥何有：有什么（关系）。

大意

太阳出来就去田地劳作，太阳下山就回家休息。

凿开一口井就有水喝，自己种庄稼就有饭吃。

这样的日子多么惬意自在啊，谁羡慕那帝王的权力呢，这些真的和我没什么关系！

02. 想当和尚的皇帝

中国有句古话："三百六十行，行行出状元。"各种行业千差万别，各有特色。在我国古代，皇帝是最高统治者，权力很大，地位极高。因此，那时的很多人都想当皇帝。

知识小达人

三百六十行

各种行业的总称。据徐珂《清稗类钞·农商类》记载："至三百六十行之称，则见于宋田汝成《西湖游览志馀》，谓杭州三百六十行，各有市语也。"

　　可是就有这样的皇帝，不好好在皇位上待着，想出家当和尚。这是怎么回事呢？

　　古代有一段时期，在我国南方地区，先后建立了宋、齐、梁、陈四个政权。这四个政权存在的时间均不长，共计一百六十九年，历史上将这四朝统称为南朝。

朝代名称	建国时间	灭国时间	存续时间	开国皇帝
南朝宋	420 年	479 年	59 年	宋武帝刘裕
南朝齐	479 年	502 年	23 年	齐高帝萧道成
南朝梁	502 年	557 年	55 年	梁武帝萧衍
南朝陈	557 年	589 年	32 年	陈武帝陈霸先

有一个叫刘裕的少年家境贫寒，常常白天种地，晚上捕鱼，还做点小买卖补贴家用。后来他加入东晋的军队，屡立战功，逐渐受到重用，成为领袖。420 年，刘裕降封晋恭帝司马德文为零陵王，代晋自立，改国号为"宋"。为了与后世赵匡胤建立的宋朝相区别，史学家们将这一时期称为"刘宋"。

啥？之前普通人没法参政吗？

额，那时候的政治活动是很讲究出身的。

　　建立刘宋政权后，刘裕全面启用有才华的寒门庶族，出现了"寒人掌机要"的政治局面。这是巨大的政治进步，因为在东晋时期，政治活动很讲究出身，一般只有贵族才有参与政治的权利，普通百姓是没有机会参政的。贵族将他们的身份和财富承袭给他们的孩子，这种制度被称为"世袭制"。上到皇帝，下到男爵，他们的地位和财富等都采用这种制度来承袭。

后来，萧道成取代刘宋自立，建立了南齐，刘宋政权灭亡。
尽管刘宋王朝仅仅存续了五十九年，但它也是南朝四个朝代中
存在时间最长、疆域最大、国力最强的朝代。

　　南朝齐的开国皇帝萧道成在位时很有作为，可惜只当了三年皇帝就去世了。在南朝齐存续的二十三年里，历经了七个皇帝，每个皇帝平均执政三年多，可见当时斗争激烈。

　　说到这里，我们再来总结一下中国历史上那些在位时间很短和很长的皇帝们。

知识小达人

中国历史上在位时间
很短的皇帝

朝代	皇帝	在位时间
金朝	金末帝完颜承麟	不足半天
唐朝	唐少帝李重茂	17 天
汉朝	汉废帝刘贺	27 天

知识小达人

中国历史上在位时间
很长的皇帝

朝代	皇帝	在位时间
清朝	清圣祖爱新觉罗·玄烨 （康熙帝）	61 年
清朝	清高宗爱新觉罗·弘历 （乾隆帝，康熙的孙子）	60 年
汉朝	汉武帝刘彻	54 年

　　502 年，齐和帝通过"禅让"的形式将皇位让给了当时的将军萧衍。萧衍继位后改国号为"梁"，建立了南朝梁。

拥立萧衍！

知识小达人

禅让制

简单来说，禅让制就是皇帝将皇位让给别人。将皇位让给异姓的人，称为"外禅"，这会导致朝代更迭，比如萧衍得到皇位后建立南朝梁；将皇位让给同姓亲属，称为"内禅"，让位者在让位后通常被称为"太上皇"。

不得不说，萧衍继位的呼声是很高的，因为他确实能力出众，文善琴棋书画，武能领兵作战。他在位的四十余年里，经济得到发展，政局大都比较稳定。

皇上，您真是太厉害了！

知识小达人

萧衍有多少著作？

据《梁书·武帝纪》载，萧衍的著作极多。除了学术著作外，《隋书·经籍志》中载有《梁武帝集》二十六卷等，除此之外，还有《梁武帝诗赋集》二十卷、《梁武帝杂文集》九卷等，作品数量碾压当时的文人。

萧衍笃信佛法，痴迷并大肆发展佛教。他下令在全国范围内大建寺庙，广收僧人，使得南朝的寺庙在短短几十年间如雨后春笋般涌现。这也就是杜牧所说的"南朝四百八十寺"。

知识小达人

南朝有多少寺庙？

杜牧在诗中写"四百八十寺"是为了符合诗词的格律。实际上，清朝刘世珩所作的《南朝寺考·序》中有记载："梁世合寺二千八百四十六，而都下（南京）乃有七百余寺。"也就是说，南朝应该有二千八百四十六所寺院，而仅南京一地就有七百多所。

萧衍亲自受戒，皈依佛门，自称"菩萨皇帝"。更让人震惊的是，他不顾大臣们的反对，四次抛弃皇帝的身份出家，去庙里吃斋念佛。俗话说，国不可一日无君。大臣们只得按照当时的习俗，花费巨额钱财给他"赎身"。

　　在位晚期，随着年事增高，萧衍开始忽于政事。作为一国之君，不思考怎么让老百姓安居乐业，萧衍的结局可想而知。晚年，萧衍的儿子们相互争夺皇位的继承权，内部矛盾不断激化。548 年，萧衍的侄子萧正德勾结东魏降将侯景叛乱，攻入建康，将萧衍囚禁在台城。第二年，萧衍就被活活饿死了。

不知道杜牧在创作这首《江南春》的时候，内心有没有为这个皇帝感到悲哀。

江 南 春

［唐］杜牧

千 里 莺 啼① 绿 映 红 ，

水 村 山 郭② 酒 旗③ 风 。

南 朝 四 百 八 十 寺 ，

多 少 楼 台④ 烟 雨⑤ 中 。

注释
①莺啼：即莺啼燕语。
②郭：外城。此处指城镇。
③酒旗：酒店门前高挂的作为标识的小旗。
④楼台：楼阁亭台，此处指寺院建筑。
⑤烟雨：细雨蒙蒙，如烟如雾。

大意
千里江南，春天里黄莺啼声婉转，绿树红花相互映衬，有临水的村庄，有依山的城镇，到处都有迎风招展的酒旗。

南朝修建的许多的寺院，如今有多少被遗留在这朦胧的细雨中。

29

03. 人人都说江南好

我国幅员辽阔，不同的地域景致各异。有一个地方在我国文学史上占有重要地位，它就是江南。

知识小达人

江南

江南泛指长江以南，但各时代的含义有所不同。

江南风景如画。在汉朝时就有这样的一首乐府诗：

江南

江南可采莲，

莲叶何田田。

鱼戏莲叶间。

鱼戏莲叶东，

鱼戏莲叶西，

鱼戏莲叶南，

鱼戏莲叶北。

知识小达人

汉乐府

汉代的乐府诗。有郊庙歌辞、鼓吹曲辞、相和歌辞和杂曲歌辞等类。

31

古时候，关于江南的流行歌曲有很多。比如唐代就有一首脍炙人口的曲子叫《忆江南》，很多诗人用它填词传唱。有一首词是这样的：

忆江南

江南好，风景旧曾谙。日出江花红胜火，春来江水绿如蓝。能不忆江南？

这首词的作者是白居易，他曾经担任杭州刺史，在杭州待了近两年，后来调任苏州刺史。白居易很喜欢江南美景，由于曾任职于苏杭，对江南也很熟悉。

白居易自称"醉吟先生"，因为他喜欢喝酒和吟诗。
他有个好朋友叫刘禹锡，两人常一起吟诗对唱，他们的
友谊被人们津津乐道，两人还被称为"刘白"。白居易
爱喝酒，对酒也很挑剔。为了喝到好酒，他亲自钻研，
据说他酿出的酒品质上乘。

知识小达人

酒的起源

关于酒的起源至今仍众说纷纭。在
我国夏朝或更早的时期就出现了酒。
唐代的酒受酿制工艺的限制，大多
是低度酒。

白居易活到七十多岁才去世，在古代已经算是很长寿的人了，不知这跟他兴趣广泛和爱交朋友有没有关系。

　　无论是到江南做官还是去游玩，诗人们好像都对这个地方情有独钟。著名诗人杜甫晚年在江南遇到了老友，也写了一首流传至今的古诗：《江南逢李龟年》。

江南逢李龟年

岐王宅里寻常见，

崔九堂前几度闻。

正是江南好风景，

落花时节又逢君。

杜甫与李龟年年轻时就相识了。那时候，一位是著名诗人，一位是著名歌手。两个年轻人都常常出入于贵族豪门。有一天，杜甫去拜访岐王李范，正遇李龟年在唱歌，杜甫当时就被这美妙的歌声吸引住了。从此两人成了很好的朋友。

在年轻的杜甫心目中，李龟年就是那个时代繁荣祥和的代表。

谁知世事变迁，安史之乱后，李龟年流落江南，杜甫也早已辞官入川躲避战火。当老歌唱家与老诗人在漂流颠沛中重逢时，杜甫的心中无限伤感，于是作了这首诗。

知识小达人

李龟年

李龟年是唐朝的宫廷乐师，与李彭年、李鹤年兄弟曾因创作《渭川曲》而受到唐玄宗的赏识，他们也常被达官显贵请去演奏。因为受到皇帝唐玄宗的宠幸，李龟年红极一时。安史之乱后，李龟年流落江南，靠卖艺为生。

两位老人互相凝视着对方，久久没有言语。人生就是这样，起起伏伏。在这乱世中，好朋友能再见上一面，实属不易。于是，他们收拾好自己的心情，载歌载舞，举杯痛饮。

后来，李龟年在一次宴会表演中，分别唱了王维的《相思》和《伊州歌》，深情地表达了自己对皇帝唐玄宗的思念。唱完之后他忽然晕倒，四天后醒来便一病不起，不久就离开了人世。

从古至今，无论世事如何变迁，江南风景依旧。可以想见，或许此刻在江南的某个院落，正有才子站在如画的风景中吟诗会友。

江 南

汉乐府

江 南 可 采 莲 ，
莲 叶 何① 田 田② 。
鱼 戏 莲 叶 间 。
鱼 戏 莲 叶 东 ，
鱼 戏 莲 叶 西 ，
鱼 戏 莲 叶 南 ，
鱼 戏 莲 叶 北 。

注释
①何：多么。
②田田：莲叶长得茂盛相连的样子。

大意
江南水乡可以采莲，莲叶多么茂盛。鱼儿在莲叶间嬉戏。
鱼儿在莲叶的东边游戏，鱼儿在莲叶的西边游戏，鱼儿在莲叶的南边游戏，鱼儿在莲叶的北边游戏。

忆江南

[唐]白居易

江南好，风景旧①曾谙②。日出江花③红胜火，春来江水绿如蓝。能不忆江南？

注释

①旧：过去。

②谙（ān）：熟悉。

③江花：江边的花朵。

大意

江南好，那里的风景我以前就很熟悉。

太阳初升的时候日光映得江边的花朵比火焰还红，春天到来的时候碧波荡漾，江水如蓝草一般绿。

这让我怎能不怀念江南呢？

江 南 逢 李 龟 年

[唐] 杜甫

岐王①宅里寻常②见，
崔九③堂前几度闻。
正是江南好风景，
落花时节④又逢君。

注释

①岐王: 唐玄宗李隆基的弟弟，名叫李范，以好学爱才著称。
②寻常: 经常。
③崔九: 本名崔涤，因在兄弟中排行第九，所以被朋友称为"崔九"。
④落花时节: 暮春，通常指农历三月。

大意

当年我经常在岐王府里欣赏你的演奏，也好几次在崔九宅院里听闻你的乐声。

如今正是江南风光一派大好的时候，没想到在这暮春时节，又能再次与你相遇。

04. 一首诗里的情深义重

　　唐朝的兴盛体现在各个方面，人们的艺术修养普遍较高也是表现之一。唐朝的很多诗人精通音乐，也爱结交音乐家朋友。当文学与音乐碰撞，自然能散发出异常夺目的光芒。

诗人与音乐家之间的友谊大多不是一起放纵玩乐，而是互相鼓励。唐朝就有一位这样的诗人，当年，他与他的琴师朋友同样落魄，但两人依然对未来充满了希望。这对好朋友便是高适与董庭兰。

747 年，四十多岁的高适在睢阳流浪。那些年，他没有钱，也没有权，四处寻找能够做官的机会。他听说当时的吏部尚书被贬，朋友董庭兰不得不离开京城，便写信邀请后者一聚。

事实上，董庭兰在音乐上的造诣极高，但由于盛唐时期流行胡乐，他所擅长的七弦琴这类古乐听的人并不多，高适就成了他难觅的知音。

妙哉！

知识小达人

董庭兰

唐琴家。开元年间以善弹《胡笳》闻名。

这次相见让四十多岁的高适与五十多岁的董庭兰都十分感慨，董庭兰为高适弹了一曲又一曲，高适则有感而发，写下千古名诗：

别董大（其一）

千里黄云白日曛，北风吹雁雪纷纷。

莫愁前路无知己，天下谁人不识君？

别董大（其二）

六翮飘飖私自怜，一离京洛十余年。

丈夫贫贱应未足，今日相逢无酒钱。

知识小达人

哥舒翰

哥舒翰是突骑施人，他作战勇猛，在击退吐蕃侵扰和保卫唐朝边疆中有重大贡献。

知识小达人

掌书记

唐代的掌书记是记录军政或民政的官员，类似于今天的机要秘书。掌书记大多是科举出身、文采出众的人，会写奏章、檄文等。

这两首诗中第一首语言豪迈、慷慨激昂、鼓舞人心，第二首则道出了现实生活的窘迫与无奈。短暂的相聚后，两人互道珍重，各奔东西。

后来，四十多岁的高适终于考取了功名，当了一个小官。可不到三年，高适就辞职了，因为他实在无法像那些"奸臣"一样对上级领导阿谀逢迎。辞职后的高适来到了唐朝名将哥舒翰麾下，成了一名掌书记。

755 年，安禄山、史思明背叛唐朝廷并发动战争，史称"安史之乱"。在这次战乱中，高适辅佐哥舒翰驻守潼关。后来潼关沦陷，高适陪着唐玄宗来到成都。这回，皇帝终于发现了高适的才能，不久就提拔他为节度使，命他带兵平定李璘的反叛。高适成功平定了叛乱。此后，他先后做过彭州刺史、蜀州刺史、剑南节度使等官。随着时间的推移，皇帝考虑到高适的年纪越来越大，就封了他一个"渤海县侯"的爵位，任他为散骑常侍，世称"高常侍"。765 年，高适去世了，皇帝追赠他为礼部尚书，谥号为"忠"，为他的一生画上了圆满的句号。后人将高适与岑参并称"高岑"，将高适、岑参、王昌龄、王之涣合称"边塞四诗人"。

知识小达人

谥号

谥（shì）号是对死去的帝、后、大臣等，按其生平事迹给予的或褒或贬的称号，始于周代，此后发展为谥法制度。谥号大致分为三类：属表扬的有文、武、景、昭、孝等；属批评的有炀、厉、荒等；属同情的有哀、怀、悼等。

黄鹤楼送孟浩然之广陵

故人西辞黄鹤楼，

烟花三月下扬州。

孤帆远影碧空尽，

唯见长江天际流。

喜欢广交朋友的唐代诗人真是数不胜数。或许就是因为他们常常交流，思想碰撞出的火花才格外绚烂。

大诗人李白也是一位对朋友情深义重的人。李白与孟浩然相差十二岁。李白在诗坛显露头角时，孟浩然已名满天下。据说，李白特别喜欢孟浩然的那首《春晓》。一天，李白怀着忐忑的心情去拜访自己的偶像孟浩然，孟浩然听说他来了，连衣服都没来得及整理就出去迎接。孟浩然对李白的诗大为赞赏，这让李白受宠若惊。从此，两个人结下了深厚的友谊，时常相聚。730年3月，李白听说孟浩然要去广陵（扬州），就托人带信给他，请他一定要到江夏（武汉）小聚。孟浩然欣然赴约，逗留了几日之后乘船东下，李白亲自送到江边，眼含热泪地写下《黄鹤楼送孟浩然之广陵》。

赠孟浩然

吾爱孟夫子，风流天下闻。

红颜弃轩冕，白首卧松云。

醉月频中圣，迷花不事君。

高山安可仰，徒此揖清芬。

春日归山寄孟浩然（节选）

香气三天下，钟声万壑连。

荷秋珠已满，松密盖初圆。

鸟聚疑闻法，龙参若护禅。

愧非流水韵，叨入伯牙弦。

作为朋友，孟浩然在李白的心中占有重要位置。李白赠予孟浩然的诗有五六首。反观孟浩然，似乎并没有回赠那么多。不过，他们相识时孟浩然已经四十多岁，大半生的起伏已然让他内心沧桑，自然无法像年轻的李白那样情绪饱满。但他们相交的故事流传至今，成为了莫逆之交的典范。

　　无独有偶，李白五十多岁名震诗坛时，也有年轻的诗人争抢着结交他。当时安徽泾县有一位三十出头的年轻人仰慕李白，听说大明星李白近期就住在泾县，心想一定要将他请到家里吃饭。可怎么请呢？他们不认识，也没人引荐，这可怎么办？

　　年轻人在家苦思冥想了好几天，终于提笔写下了一封短信："先生好游乎？此地有桃花十里。先生好饮乎？此地有万家酒店。"意思是，先生不是喜欢游玩吗？我这里有十里桃花。先生不是喜欢饮酒吗？我这里有许多家酒店。

桃花十里，桃花潭也。
万家酒店，万姓人也。

呃……

　　李白一看，心生好奇，这究竟是个什么地方呢？于
是，李白决定亲自去瞧一瞧。结果到了一看，哪有什么
桃花林和酒家，就是一个普通的村子嘛。年轻人见李白
来了，赶忙解释道："桃花十里，桃花潭也。万家酒店，
万姓人也。"大概意思是，桃花十里是说我们这个地方
叫桃花潭，万家酒店是说有一个酒家是姓万的人开的。
这个年轻人就是汪伦。

虽然李白被骗了，但他并没有生气，反而被汪伦的一片苦心所打动。汪伦在泾县款待李白数日，临走时李白还写了一首诗送给他。

赠汪伦

李白乘舟将欲行，

忽闻岸上踏歌声。

桃花潭水深千尺，

不及汪伦送我情。

翻看史书，汪伦除了曾任泾县县令以外，没有留下太多痕迹。如果有人问起汪伦是谁，估计大家会回答："李白的朋友！"因为朋友而留名青史，这朋友交得值！

都说李白性情豪放、广交朋友，那他都有哪些朋友呢？细数起来，李白的朋友真是各种各样，有平民百姓，有达官显贵，有文人，也有武将，甚至还有国际友人呢！下面我们就简单地看看李白的朋友们。

◆ 郭子仪

没错，就是那个唐朝的大将军郭子仪！他俩可是生死之交！传闻李白曾救过郭子仪的命，后来李白要被朝廷流放的时候，郭子仪上书皇帝，表示愿意用爵位换取对李白的赦免。

郭子仪

◆ 晁衡

晁衡

别看这名字像中国人，人家可是地道的日本人！晁衡原名阿倍仲麻吕，是日本派到中国的访问学者。李白听说晁衡因回国时遭遇海上风暴而遇难，哭着写了一首《哭晁卿衡》悼念他。不过晁衡并没死，看到这首诗后还回赠了李白一首《望乡》。

◆ 贺知章

　　唐代的著名诗人贺知章
也是李白的好友。贺知章称
李白为"谪仙人"，他俩都
爱喝酒，和李适之等人并称
"饮中八仙"。

贺知章

知识小达人

饮中八仙

饮中八仙指唐朝喜欢喝酒的八位名人，又称"酒中八仙"
或"醉八仙"。杜甫在《饮中八仙歌》中，按照官爵的
高低将他们写进诗中，即贺知章、李琎（jìn）、李适之、
崔宗之、苏晋、李白、张旭、焦遂。

"何时一樽酒，重与细论文。"什么时候能跟你边喝边聊？

"鲁酒不可醉，齐歌空复情。思君若汶水，浩荡寄南征。"没有你的陪伴，酒不香，歌不美，唉，思念如江水！

◆ 杜甫

李白比杜甫大十一岁，两个人曾经与高适一起出游。杜甫为李白写了很多诗，如《赠李白》《春日忆李白》《冬日有怀李白》《天末怀李白》《梦李白》等，而李白也会回赠几首。我们再提起"大李杜"时，除了仰慕他们的才华，也要想起他们的友谊。

◆ 元丹丘

元丹丘是李白的知心好友，两人可谓无话不谈。李白在元丹丘的家里就像在自己家里一样，饭随便吃，酒随便喝，东西随便用。还记得李白的那首十分豪迈的劝酒诗吗？"岑夫子，丹丘生，将进酒，杯莫停……五花马，千金裘，呼儿将出换美酒，与尔同销万古愁。"李白喝醉了，差点把元丹丘家的良马裘衣给当了换酒，可见两人关系非同一般！

知识小达人

将进酒

将（qiāng）进酒是汉乐府《铙歌》名。古辞写宴饮赋诗之事。

如果唐代的诗人们也有朋友圈的话，那李白的朋友圈一定十分热闹，因为他的朋友遍及全国各地。交朋友无关财富、地位和信仰，能够让我们感到温暖并为之动容足矣。这是除了诗歌之外，李白教给我们的"朋友经"。

别 董 大①

[唐] 高适

千 里 黄 云② 白 日 曛③，

北 风 吹 雁 雪 纷 纷 。

莫 愁④ 前 路 无 知 己⑤，

天 下 谁 人⑥ 不 识 君⑦ ？

注释

①董大：董庭兰，唐代开元、天宝时期的著名音乐家。因在家中兄弟里排行老大，故称"董大"。

②黄云：乌云。乌云在阳光照射下呈暗黄色，因此叫黄云。

③白日曛：太阳黯淡无光。曛，曛黄、昏黄。

④莫愁：不要担心。莫，不要。

⑤知己：好朋友。

⑥谁人：哪个人。

⑦君：你，这里指董庭兰。

大意

天空乌云千里，日光昏暗，北风吹着天上的大雁，大雪纷纷飘落。

不要担心前方没有好朋友，天下又有谁不认识你呢？

黄鹤楼送孟浩然之①广陵

〔唐〕李白

故 人 西 辞② 黄 鹤 楼 ，

烟 花③ 三 月 下 扬 州 。

孤 帆 远 影 碧 空 尽④ ，

唯 见 长 江 天 际 流⑤ 。

注释

①之：去，到。

②辞：告别，辞别。

③烟花：形容艳丽的春天景物。

④尽：消失。

⑤天际流：流向天边。

大意

老朋友在黄鹤楼与我辞别，向西远走，他要在这柳絮如烟、繁花似锦的三月去到扬州。孤零零的一面风帆逐渐消失在碧蓝天空的尽头，最后只能看见一线长江，向邈远的天边流去。

赠汪伦

[唐]李白

李白乘舟将欲行，
忽闻岸上踏歌①声。
桃花潭②水深千尺③，
不及④汪伦送我情。

注释

①踏歌：一种流行于唐代民间的歌舞形式，参与者在手拉手的同时，脚踏地打节拍，可以边走边唱。
②桃花潭：在今安徽泾县西南。
③深千尺：诗人用潭水深千尺比喻汪伦与他的友情，运用了夸张的手法。
④不及：不如，比不上。

大意

李白将要乘舟远行，忽听岸边传来踏歌之声。
纵然桃花潭水深达千尺，也比不上汪伦送我的深情厚谊。

63

05. 诗佛和他的朋友们

　　渭城外，细雨纷纷，送行的人们不得不停在驿站外避雨。远行的马车被拴在刚刚冒出嫩芽的柳树下，行人不时能闻到泥土的气息。

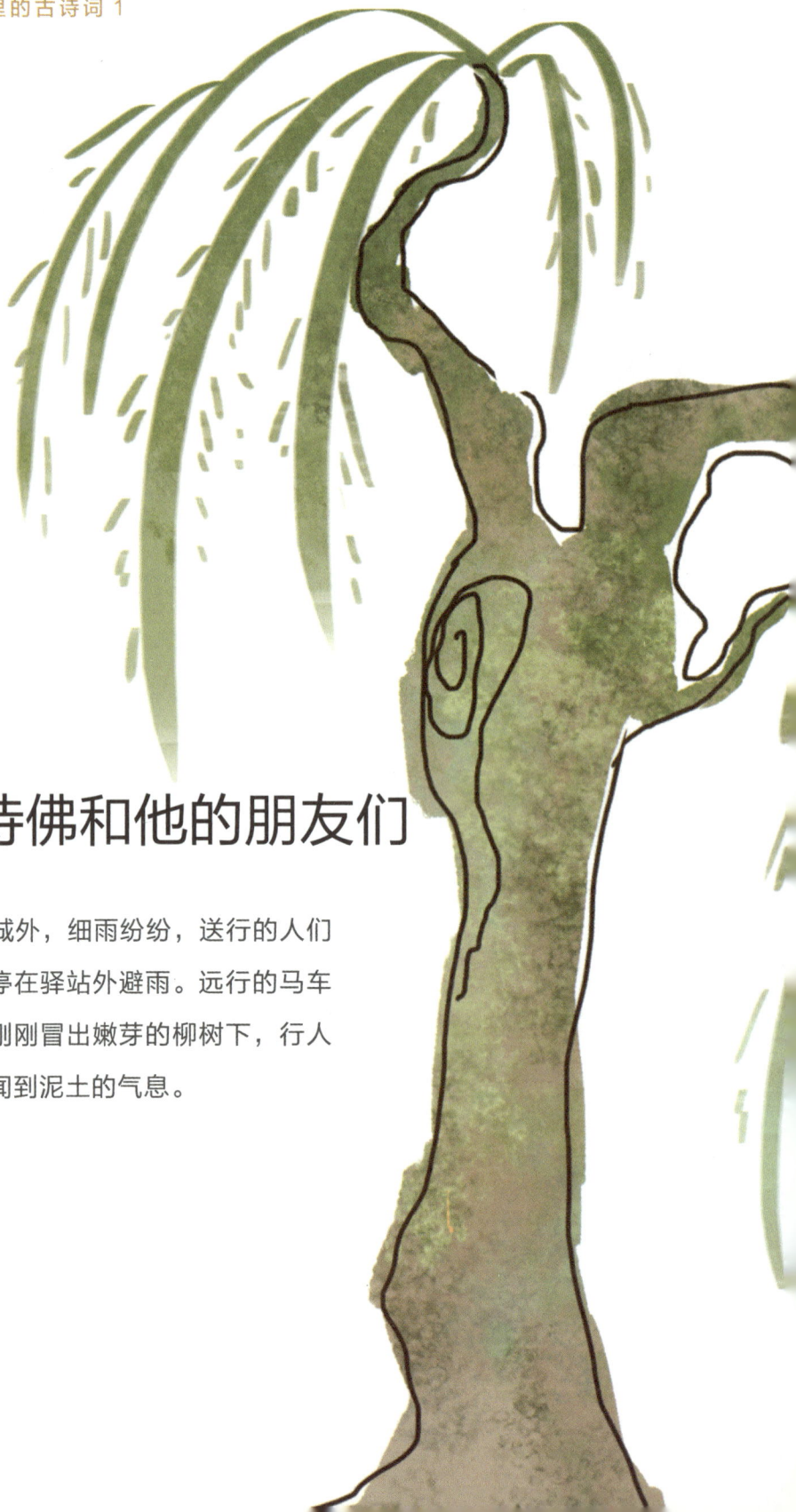

知识小达人

驿站

古代驿站类似于现在的宾馆或招待所，是供传递公文的人和往来官员休息、换马的地方。

知识小达人

酒文化

我国的酒文化源远流长。杜康被奉为酿酒始祖，那时候他做的是秫（shú）酒。唐宋时期是酒发展的鼎盛时期，那时候酿酒技术发展迅猛，关于酒的诗歌和轶事也有很多。

柳树下站着两个朦胧的身影。他们举起酒杯，互相道别。一人说道："元常兄，此行路途遥远，一定要多多保重！这杯酒，就是我们的离别酒！"

元常接过酒杯一饮而尽，对送行之人叮嘱道："王维啊，你也要多多保重！"

王维望着远处模糊的道路，看着
元常将酒一饮而尽，感慨不已，写下
了《送元二使安西》。

送元二使安西

渭城朝雨浥轻尘，

客舍青青柳色新。

劝君更尽一杯酒，

西出阳关无故人。

　　王维将这首诗命名为"送元二使安西"。诗题中的"元二"就是元常，因为在家中排行老二，所以被朋友们称呼为"元二"。虽然据史学家考证，两人绝对不是过命的交情，但王维送朋友元二赴安西都护府上任，对他的担心是很真挚的。

知识小达人

安西都护府

唐六大都护府之一。为了管辖边疆，自640年起，唐朝设置了安西都护府，管辖安西四镇。

王维的《送元二使安西》后来被编入乐府，成为当
时朋友们分别时唱的歌曲，又名《阳关曲》《阳关三叠》。

　　《送元二使安西》又叫《渭城曲》，因为
王维与元二就是在渭城这个地方分别的。或许
你对渭城不太熟悉，但听说过咸阳吗？其实，
它们是同一地方，都位于今天的陕西省。

元二拜拜！

知识小达人

渭城

古县名。本秦都咸阳县，前206年改名新城。
前114年改名渭城。现在陕西省咸阳市渭城区
还保留着一些古代遗址。

除了《送元二使安西》以外，王维还有一些其他的
诗作被谱曲传唱，比如《相思》。据说宫廷乐师李龟年
曾唱过这首歌，当时在场的人听了，纷纷流下眼泪。把
诗写得如此好，王维真是一位大才子呀！

相思

红豆生南国，春来发几枝。

愿君多采撷，此物最相思。

不仅如此，"王大才子"在
二十二岁就中了进士，当了太乐丞，
真是春风得意。

知识小达人

太乐丞

太乐丞是掌乐之官，主要负责皇帝设宴时演奏的乐器和歌舞等。诗人王绩也曾做过这个官。

太乐丞

当然，求学之路是很辛苦的。年少的王维为了谋取功名，远离家乡来到京城长安。逢年过节，内心更是无比孤独与凄苦。比如，在重阳节他十分思念家乡的亲朋好友，写了一首著名的《九月九日忆山东兄弟》。

九月九日忆山东兄弟

独在异乡为异客，
每逢佳节倍思亲。
遥知兄弟登高处，
遍插茱萸少一人。

知识小达人

山东

此"山东"非彼"山东"，右诗题目中的"山东"不是指我们现在所说的山东省，而是指华山以东。

　　但好景不长，就在王维中进士那年，他因伶
人舞黄狮事件获罪，被贬为济州的司仓参军。

　　中年后的王维身心俱疲，于是来到了风景秀丽的辋川，过着亦官亦隐的生活。在这里，他画了一幅《辋川图》，还跟朋友裴迪各写了二十首诗，结成了《辋川集》。我们耳熟能详的《竹里馆》和《鹿柴》就是王维在辋川山中别墅所写。

在这里，王维整个人都很放松。有时候朋友裴迪来看他，他们就一起喝点小酒、作作诗。你来一首，我来一首，好不快活！

鹿寨那个地方树林茂密，于是王维作了一首《鹿柴》：

鹿柴

空山不见人，但闻人语响。

返景入深林，复照青苔上。

裴迪也作了一首《鹿柴》：

鹿柴

日夕见寒山，便为独往客。

不知深林事，但有麕麚迹。

竹里馆的生活悠闲舒适，王维以此为题作了《竹里馆》：

竹里馆

独坐幽篁里，弹琴复长啸。

深林人不知，明月来相照。

裴迪也作了一首《竹里馆》：

竹里馆

来过竹里馆，日与道相亲。

出入唯山鸟，幽深无世人。

没有朋友来访的时候，王维就一个人望着辋川的美景弹琴，画画，甚至还在墙壁上画。他画了一幅传世名画《辋川图》，这幅佳作备受后世推崇。

知识小达人

辋川图

《辋川图》是王维晚年隐居辋川的时候，在清源寺墙壁上所作的单幅壁画。后来清源寺被毁，此画无存。现在人们见到的都是后人的临摹本。

755 年，唐朝大将安禄山和史思明背叛朝廷，攻陷了都城长安，抓捕了大批官员，其中就有王维。王维被捕后被迫出任伪职。战乱平息后，王维入狱。因他被俘时曾作《凝碧池》抒发亡国之痛，再加上他立功的弟弟刑部侍郎王缙向皇帝求情，王维才保住了性命。761 年，王维作书向亲友辞别，安然离世。

苏轼曾经评价王维："味摩诘之诗，诗中有画；观摩诘之画，画中有诗。"后人将李白誉为"诗仙"，将杜甫誉为"诗圣"，将王维誉为"诗佛"，可见王维在诗词界的地位之高。

知识小达人

王维与佛教

王维是一位虔诚的佛教徒，他的诗歌创作也在不同程度上受到了佛教思想的影响，因此他得到了"当代诗匠，又精禅理"的赞誉。

王维精通诗、书、画、音乐等，以诗名显于盛唐，又因其书画风格独特，被后人推为南宗山水画之祖。不过，历史上既会写诗，又会书画的可不仅仅只有王维一个人。你还知道哪位这样的人呢？

送元二使安西

[唐]王维

渭 城 朝 雨 浥^① 轻 尘 ，
客 舍^② 青 青 柳 色 新 。
劝 君 更^③ 尽 一 杯 酒 ，
西 出 阳 关 无 故 人 。

注释

①浥（yì）：润湿。
②客舍：旅馆。
③更：再。

大意

早晨下的那场雨润湿了渭城地面的浮尘，青砖碧瓦的旅店外，柳条的新芽纤细翠嫩。
朋友啊，我劝你再喝一杯酒吧，等你向西出了阳关就再难见到这里的老朋友了。

相 思

[唐] 王维

红 豆① 生 南 国 ，
春 来 发 几 枝 。
愿 君 多 采 撷② ，
此 物 最 相 思③ 。

注释

①红豆：又名相思子，一种生在江南地区的植物，呈鲜红色。

②采撷（xié）：采摘。

③相思：想念。

大意

红豆生长在南方，春天里不知开出多少新枝。

希望你多采摘一些红豆，因为它最能引发思念之情。

九月九日①忆山东兄弟

［唐］王维

独 在 异 乡② 为 异 客③，

每 逢 佳 节④ 倍 思 亲 。

遥 知 兄 弟 登 高⑤ 处 ，

遍 插 茱 萸⑥ 少 一 人 。

注释	①九月九日：重阳节。	大意	独自在他乡生活的我，每逢佳节就格外思念远方的亲人。

注释

①九月九日：重阳节。

②异乡：他乡、外地。

③异客：在外地生活的人。

④佳节：美好的节日。

⑤登高：古时习俗，家人在重阳节团聚登高。

⑥茱萸：一种植物，香味浓烈。

大意

独自在他乡生活的我，每逢佳节就格外思念远方的亲人。

遥想我的兄弟们今年又要登高望远了，当他们插戴茱萸时，唯有我这个还在远方的人不在。

鹿 柴①

[唐] 王维

空 山 不 见 人 ，

但②闻③人 语 响 。

返 景④入 深 林 ，

复 照⑤青 苔 上 。

注释

①鹿柴：此为地名。柴，同"寨"。

②但：只。

③闻：听见。

④返景：夕阳返照的光。景，同"影"。

⑤照：照耀。

大意

山中空空荡荡不见人影，只听得到人说话的声音。夕阳的金光射入深林中，又照在青苔上。

竹 里 馆

[唐]王维

独 坐 幽 篁①里 ，

弹 琴 复 长 啸② 。

深 林 人 不 知 ，

明 月 来 相 照 。

注释

①幽篁（huáng）：幽深的竹林。
②长啸（xiào）：撮口而呼，这里指吟咏、歌唱。古代一些超逸之士常用此来抒发感情。啸，撮口发出长而清脆的声音，类似于吹口哨。

大意

独自闲坐在幽静竹林里，一边弹琴一边高歌长啸。密林之中无人知晓我在这里，只有一轮明月静静与我相伴。

06. 有诗为证的节日

　　我国有很多传统节日，这些节日在古时候就已经存在，那么古人是如何过节的呢？在有关节日的诗中，他们表达了怎样的想法呢？现在，我们就来聊聊这个话题。

知识小达人

王安石变法

王安石变法又称"熙宁变法""熙丰变法"，变法自 1069 年开始，涉及财政、军事等多个方面，在财政方面有均输法、青苗法等；在军事方面有置将法、保甲法等。最终，变法于 1085 年失败。

那是一个春节。外面爆竹声响，屋里的仆人们忙得热火朝天。王安石在书房中，正埋头思考变法的方案。

89

知识小达人

屠苏酒

屠苏酒是古人在农历正月初一饮用的酒，有一种说法是它由名医华佗创制而成。古时人们认为屠苏酒可辟除疫气，喝屠苏酒意味着祈求健康。

到了吃饭的时间，王安石走出书房。他看到阳光温暖地照射在大门上贴着的桃符上，感觉一切都是新的。他和家人们围坐在一起，愉快地喝起了屠苏酒。

此时的王安石正值意气风发、官运亨通之时，他官至宰相，正在推进全国的改革。王安石回到书房继续写变法方案。他心情很好，随手写下一首诗：

元　日

爆竹声中一岁除，

春风送暖入屠苏。

千门万户曈曈日，

总把新桃换旧符。

　　从古至今，春节的很多风俗都被
延续了下来，比如贴对联、放爆竹、
守岁等等。这些风俗让我们的生活更
有仪式感。

知识小达人

什么时候开始有放爆竹的习俗？

爆竹的制作离不开火药。火药是我国的四大发明之一，
是古代炼丹家在提炼丹药时发现的配方。随后火药的
配方不断优化，到了宋代，人们已经掌握了制作爆竹
的技术，民间也渐渐形成了春节放爆竹的习俗。

　　农历三月的一天，一直在军队里做文书工作的韩翃（hóng）放假了。已到了吃晚饭的时候，家家户户的烟囱却没有升起炊烟。这是怎么回事呢？

原来今天是寒食节。家家户户禁烟火，吃冷食。

知识小达人

寒食节

寒食节在清明节前的一两天。按照传统习俗，当天禁烟火，只吃冷食。后来逐渐增加了祭扫、踏青等风俗。

韩翃看到这冷清的场景，不禁有感而发：

寒食

春城无处不飞花，

寒食东风御柳斜。

日暮汉宫传蜡烛，

轻烟散入五侯家。

路人们听到他的这首诗，都夸赞他写得好。过了不久，这首诗就传到了唐德宗的耳中。

虽然该诗暗藏讽意，但其凭借生动形象的描写为唐德宗所称赞。唐德宗十分欣赏这首诗，下令提拔韩翃。最终，韩翃官至中书舍人。

知识小达人

中书舍人

官名。侍从朝会，参议政务，协助宰相批复公文。

恭喜恭喜！

寒食过后就是清明。对于古人来说，这是祭祖的重要日子。可有些诗人却远在他乡，不能在祖先坟茔(yíng)前祭拜。比如这位诗人，清明节当天，他孤零零地在异乡的路上奔波，沿途时不时看到人们在扫墓，心里很不是滋味。

97

诗人不能够回家扫墓，心里已经不是滋味，而此时，天公不作美，洒落点点细雨，淋湿了这个可怜人。这位诗人的衣服湿漉漉的，双眼雾蒙蒙的，他想找个酒店避避雨，暖暖身。可酒店在哪儿呢？

正在这个时候，他遇到了一个小牧童。牧童热情地告诉他："再往前走三五里路，就能看到一个村子。那个村子叫杏花村，有几家喝酒的小店！"

诗人听了大喜，不禁加快了脚步。

杏花村

清 明

清明时节雨纷纷，

路上行人欲断魂。

借问酒家何处有，

牧童遥指杏花村。

诗人来到了杏花村，随意找了间酒家走了进去。他要了一壶酒，点了两个小菜，吃喝起来。一口酒下肚，终于驱赶了身上的凉意。他望着窗外蒙蒙细雨，写下一首《清明》。

这位诗人叫杜牧。他的爷爷杜佑是唐代的大宰相，他的爸爸也是一位朝廷官员。杜牧才思敏捷，二十多岁就进士及第，而且名气很大，可谓人生得意。

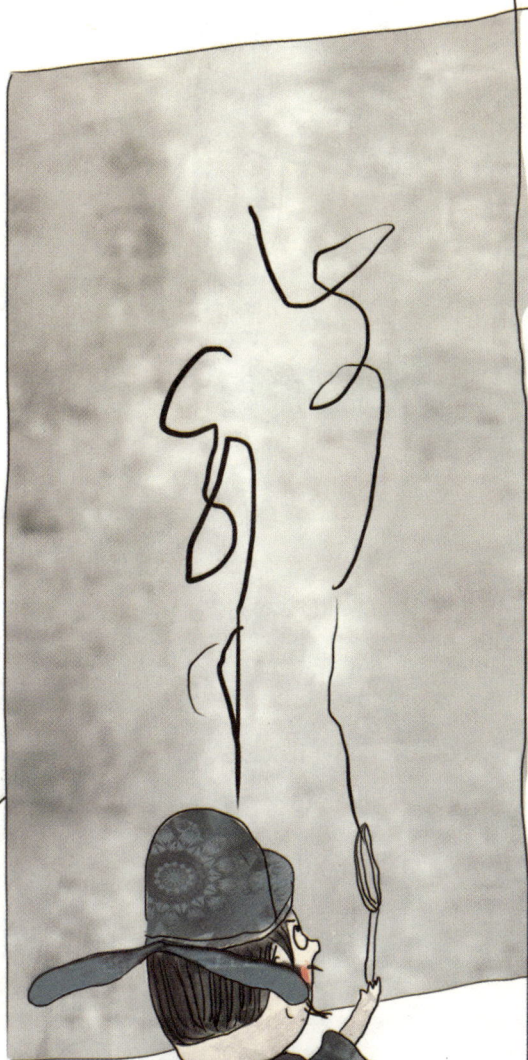

在我国古代，女子的地位低于男子，但杜牧是十分尊重女性的。有一年秋夜，天气微凉，明月当空，他看到一个宫女垂头丧气地坐在宫廷外的石阶上。

杜牧很想上前安慰几句，但由于他们的地位相差悬殊，他也只能跟着宫女一起叹息。回到家后，杜牧的脑海中一直想着那位宫女，禁不住提笔写下一首《秋夕》。

秋 夕

银烛秋光冷画屏，

轻罗小扇扑流萤。

天阶夜色凉如水，

坐看牵牛织女星。

知识小达人

关于牵牛织女的古诗有哪些？

牛郎织女的传说被很多诗人写进诗中，象征爱情或离别。李白说："若非是织女，何得问牵牛。"杜甫说："牵牛出河西，织女处其东。万古永相望，七夕谁见同。"

在我国古代，七夕又称"乞巧节"。老百姓觉得织女的织布手艺很棒，希望自己的女儿也能像她一样。于是他们在月下摆上供品，希望天上的织女能够赐予自己女儿一双巧手和一段美满婚姻。

事实上，端午节、中秋节、元宵节、重阳节等中国传统节日都曾被写入古诗中，你知道的有哪些呢？

元 日①

［宋］王安石

爆 竹② 声 中 一 岁 除③ ，

春 风 送 暖 入 屠 苏 。

千 门 万 户 曈 曈④ 日 ，

总 把 新 桃⑤ 换 旧 符 。

注释

①元日：农历正月初一。

②爆竹：鞭炮。

③一岁除：一年过去了。除，逝去。

④曈曈：日出时光辉灿烂的样子。

⑤桃：桃符。在古代，农历正月初一时人们将桃符悬挂在大门上，用来避邪。

大意

在鞭炮声中，旧的一年已经过去了，阵阵春风送来温暖，人们开心地喝着屠苏酒。初升的太阳温暖明亮，照耀着千家万户，家家户户都把旧桃符取下，换上新桃符。

寒 食

[唐] 韩翃

春 城① 无 处 不 飞 花 ，

寒 食 东 风 御 柳② 斜 。

日 暮 汉 宫③ 传 蜡 烛④ ，

轻 烟 散 入 五 侯⑤ 家 。

注释
①春城：暮春时的长安城。
②御柳：御苑之柳，皇城中的柳树。
③汉宫：指皇宫。
④传蜡烛：传送蜡烛。指寒食节禁止生火，但权贵宠臣却可以得到皇帝恩赐的蜡烛。
⑤五侯：泛指权贵宠臣。

大意
暮春时节的长安城内到处都是飞舞的柳絮，寒食节里，东风吹拂着生长在皇家御苑的一株株柳树。
夜幕降临，皇宫里忙着传送皇帝赏赐的蜡烛，阵阵轻烟随之散入王侯权贵们的房屋。

清明①

［唐］杜牧

清 明 时 节 雨 纷 纷②，

路 上 行 人 欲 断 魂③。

借 问④ 酒 家 何 处 有 ？

牧 童 遥 指 杏 花 村 。

注释

①清明：我国的传统节日。

②纷纷：形容多。

③欲断魂：形容极度伤感，好像灵魂要与身体分开一样。断魂，神情凄迷，烦闷不乐。

④借问：向他人询问。

大意

清明节这天阴雨连绵，飘飘洒洒下个不停，路上远行的人情绪低落，好像断了魂一样神魂散乱。

问牧童哪里才有酒家，他指了指远处的杏花村。

一二三四五。

上山打老虎。

不行，不行！不合规矩，罚你们再作两首！

07. 写诗也有规矩

　　提到古诗就不得不提"绝句"。有一种说法认为，绝句起源于汉魏六朝时期的乐府短章。那时候文人们常常聚在一起喝酒作诗，还玩玩儿文字游戏。游戏规则是这样的：敲定某一个题目，在座的所有人每人说四句，每句五个字，最后连成一首诗。每个人所作四句也可以单独成篇。后来，"绝句"逐渐成为一种诗体。

仄仄平平仄，平平仄仄平……

　　起初，绝句多是五言四句，也就是"五言绝句"，到了唐代，才出现了成熟的七言绝句。其实也有六言绝句，但比较少。绝句的发展要感谢那些音乐家们，因为他们常常把这些诗当成歌词，配上小曲儿，唱遍大江南北。诗人们也随之而"走红"。

　　中国古典诗词讲究平仄，"平"指平直，"仄"指曲折，都是针对字的声调而言的。我国古汉语一般分平、上、去、入四个声调，除了平声，其他的都称为仄声。入声在现在的普通话中已经消失了，一部分古代的上声字在今天读作了去声，古今的声调发生了很大的变化，因此，用普通话的声调不能直接判别古诗词的平仄。

古诗不好写，因为多数是有固定格律的，就是说这些诗句基本上每个字都得在规定的调上，而且每句还得押韵。读绝句的时候，你有没有在唱歌的感觉？

绝句二首（其一）

迟日江山丽，

春风花草香。

泥融飞燕子，

沙暖睡鸳鸯。

绝句

两个黄鹂鸣翠柳，

一行白鹭上青天。

窗含西岭千秋雪，

门泊东吴万里船。

还有一种与绝句十分相似的诗体叫"律诗"。常见的律诗有五言律诗和七言律诗，在初唐时期才定型，盛唐时期发展成熟。那时候，有一批文人专攻律诗，比如刘长卿和"大历十才子"等。

刘长卿对自己作诗的能力十分自信，自称"五言长城"。但他仕途不顺，常因耿直的性格被诬陷。他辗转当了几个小官，官至随州刺史，世称"刘随州"。

逢雪宿芙蓉山主人

日暮苍山远，

天寒白屋贫。

柴门闻犬吠，

风雪夜归人。

春夜喜雨

好雨知时节，当春乃发生。

随风潜入夜，润物细无声。

野径云俱黑，江船火独明。

晓看红湿处，花重锦官城。

杜甫跟刘长卿生活在同一个年代，两人都经历了社会的动荡和律诗的繁盛。杜甫的律诗虽然数量相对不多，但每首都是精品。

知识小达人

怎样读律诗？

律诗的章法十分严格，读诗时，内容明快、跳跃不大的停顿稍短，内容深沉、跳跃较大的停顿稍长，这样才能读出律诗的层次和意境。

古代诗歌从体裁上大致分为两类：古体诗和近体诗。

古体诗为近体诗形成以前，除楚辞体外各种诗体的通称，有四言体、五言体、六言体和七言体等，大致押韵，不讲究平仄，句数不限，如《诗经》中的古诗、乐府诗等。我们熟知的《长歌行》就是一首乐府诗。近体诗是唐代出现的新诗体，主要有绝句、律诗，律诗通常一首八句（超过八句的称为排律或长律），绝句为四句。

长歌行

青青园中葵，朝露待日晞。

阳春布德泽，万物生光辉。

常恐秋节至，焜黄华叶衰。

百川东到海，何时复西归？

少壮不努力，老大徒伤悲。

学了这么多年的诗，必须搞清楚！

　　我们熟知的近体诗大多朗朗上口，有着像歌曲一样的节奏。但古体诗的节奏读起来就不那么好把握了。不信，你看汉高祖刘邦的《大风歌》。

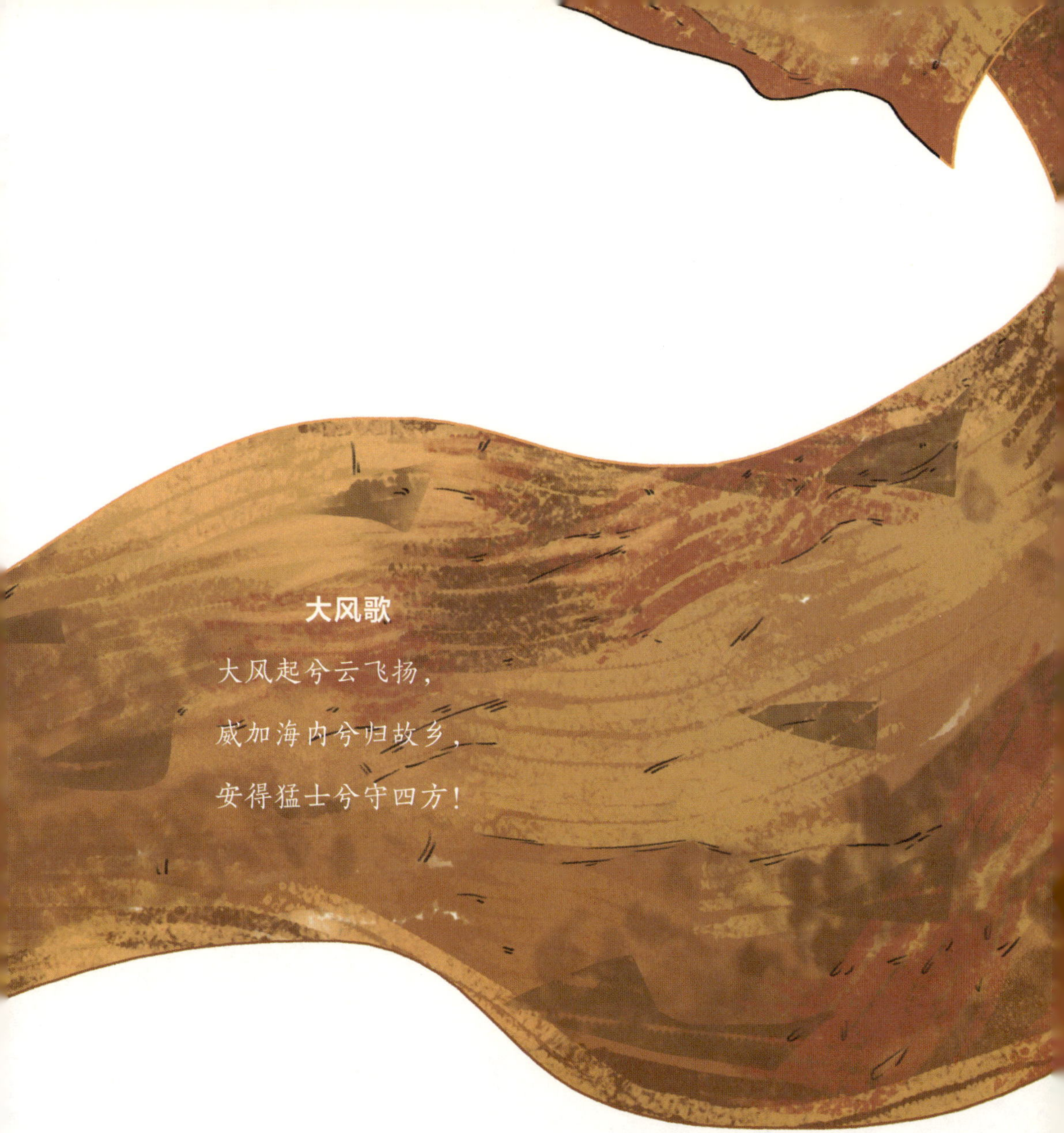

大风歌

大风起兮云飞扬，

威加海内兮归故乡，

安得猛士兮守四方！

无论经历多少个朝代，诗歌的美都从未改变。诗中有情，有理，有那些过往的烟云和风雨，有祖先们缓步走来，与我们隔空对话的声音与气息。在古诗的包围中成长的我们，渐渐生出了某些一样的情愫，这便是家国情怀。下面，就让我们一起欣赏一下古诗词吧！

绝 句 二 首 （其一）

［唐］杜甫

迟 日^① 江 山 丽 ，

春 风 花 草 香 。

泥 融^② 飞 燕 子 ，

沙 暖 睡 鸳 鸯^③ 。

注释

①迟日：春日。

②泥融：这里指泥土湿润。

③鸳鸯：一种水鸟，雄鸟与雌鸟常双双出没。

大意

江山沐浴着春光，多么秀丽，春风送来花草的芳香。燕子衔着湿泥忙着筑巢，暖和的沙子上睡着成双成对的鸳鸯。

绝 句

[唐]杜甫

两 个 黄 鹂① 鸣 翠 柳 ，
一 行 白 鹭② 上 青 天 。
窗 含 西 岭③ 千 秋 雪④ ，
门 泊⑤ 东 吴⑥ 万 里 船 。

注释

①黄鹂：鸟，羽毛黄色，叫声悦耳。

②白鹭：鹭的一种，羽毛白色，有长腿。

③西岭：西岭雪山。

④千秋雪：指西岭雪山上千年不化的积雪。

⑤泊：停泊。

⑥东吴：古时候吴国的领地，在今江苏省一带。

大意

两只黄鹂在青翠的柳树上婉转鸣叫，一行白鹭展开翅膀飞向蔚蓝的高空。

在窗前可以看到西岭雪山上千年不化的皑皑白雪，门前停泊着不远万里从东吴而来的航船。

逢①雪宿②芙蓉山主人③

[唐]刘长卿

日暮④苍山⑤远，

天寒白屋⑥贫。

柴门闻犬吠⑦，

风雪夜归人⑧。

注释	大意
①逢：遇上。 ②宿：投宿，借宿。 ③主人：指留人借宿者。 ④日暮：傍晚的时候。 ⑤苍山：青黑色的山。 ⑥白屋：未加修饰的简陋茅草房，一般指贫苦人家。 ⑦犬吠：狗叫。 ⑧夜归人：夜间回来的人。	暮色降临的时候，更觉前行山路的遥远，天寒地冻的时候，倍觉投宿人家的清贫。 忽然听到柴门外的狗叫声，应是主人冒着风雪在晚上回来了。

春 夜 喜 雨

[唐] 杜甫

好 雨 知^① 时 节 ， 当 春 乃^② 发 生^③ 。

随 风 潜^④ 入 夜 ， 润^⑤ 物 细 无 声 。

野 径^⑥ 云 俱 黑 ， 江 船 火 独 明 。

晓^⑦ 看 红 湿 处 ， 花 重^⑧ 锦 官 城^⑨ 。

注释

①知：明白，知道。

②乃：就。

③发生：使植物萌发、生长。

④潜：暗暗地，悄悄地。

⑤润：滋润，滋养。

⑥野径：田野间的小路。

⑦晓：天刚亮的时候。

⑧花重：花因为饱含雨水而显得沉重。

⑨锦官城：成都的别称。

大意

好雨像是知道时节似的，现在正是春天植物萌发生长的时候。

细雨随着春风在夜晚悄然洒落，细密无声地滋润着万物。

乡间小路被漆黑阴云笼罩，江上渔船只看得到点点闪烁灯火。

第二天清晨起来看那被雨水淋湿的花丛，放眼望去，成都已是一片繁花盛开的世界。

长 歌 行

汉乐府

青 青 园 中 葵①， 朝 露② 待 日 晞③。

阳 春 布④ 德 泽⑤， 万 物 生 光 辉 。

常 恐 秋 节⑥ 至 ， 焜 黄⑦ 华 叶 衰 。

百 川⑧ 东 到 海 ， 何 时 复 西 归 ？

少 壮⑨ 不 努 力 ， 老 大⑩ 徒⑪ 伤 悲 。

注释

①葵：蔬菜名。

②朝露：清晨的露水。

③晞：天亮，引申为阳光照耀。

④布：散布，给予。

⑤德泽：恩惠。

⑥秋节：秋季。

⑦焜黄：形容草木凋落枯黄的样子。

⑧百川：江河。

⑨少壮：年轻力壮，指青少年时代。

⑩老大：指年老之后。

⑪徒：白白地 。

大意

园中的葵菜此时青葱翠绿，晨露等待着阳光的照耀。

春天里雨水、阳光充足，世间万物都生机盎然，欣欣向荣。

常常害怕秋天来临，因为那时草木就会凋落枯黄，失去光辉。

江河都是一路向东，流入大海，什么时候才能看到它们返回西边呢？

如果年少时不努力，年老后就只能白白地悔恨伤悲。

大 风 歌[1]

[汉] 刘邦

大 风 起 兮[2] 云 飞 扬 ，

威[3] 加[4] 海 内[5] 归 故 乡 ，

安 得[6] 猛 士 兮 守[7] 四 方[8] ！

注释

①大风歌：古歌名。

②兮：语气词，相当于现代汉语中的"啊"。

③威：威望，权威。

④加：施加。

⑤海内：四海之内，即"天下"。古人认为天下是一片大陆，周围大海环绕，海外则荒不可知。

⑥安得：怎么能得到。安，哪里，怎样。

⑦守：守护，保卫。

⑧四方：指国家。

大意

大风使劲地吹呀，浮云飞扬；我统一了天下呀，衣锦还乡；怎样才能得到勇士呀，为国家镇守四方！

姓名：李绅

祖籍：无锡（今属江苏）

生卒年：772—846

字号：字公垂

代表作：《悯农》等

名句：谁知盘中餐，

　　　粒粒皆辛苦。

李绅

姓名：杜牧

祖籍：京兆万年（今陕西西安）

生卒年：803—853

字号：字牧之

代表作：《江南春》等

名句：南朝四百八十寺，

　　　多少楼台烟雨中。

杜牧

姓名：白居易

祖籍：太原（今山西太原西南）

生卒年：772—846

字号：字乐天，晚年号香山居士

代表作：《江南》等

名句：日出江花红胜火，

　　　春来江水绿如蓝。

白居易

杜甫

姓名：杜甫

祖籍：襄阳（今属湖北）

生卒年：712—770

字号：字子美，自号少陵野老

代表作：《绝句》等

名句：正是江南好风景，

　　　落花时节又逢君。

姓名：高适

祖籍：渤海蓚（今河北景县）

生卒年：约 700—765

字号：字达夫

代表作：《别董大》等

名句：莫愁前路无知己，
　　　天下谁人不识君？

高适

姓名：李白

祖籍：陇西成纪（今甘肃静宁西南）

生卒年：701—762

字号：字太白，号青莲居士

代表作：《黄鹤楼送孟浩然之广陵》等

名句：孤帆远影碧空尽，
　　　唯见长江天际流。

李白

姓名：王维

祖籍：太原祁县（今属山西）

生卒年：701—761

字号：字摩诘

代表作：《竹里馆》等

名句：深林人不知，
        明月来相照。

王维

王安石

姓名：王安石

祖籍：抚州临川（今江西抚州）

生卒年：1021—1086

字号：字介甫，号半山

代表作：《元日》等

名句：千门万户曈曈日，
        总把新桃换旧符。

韩翃

姓名：韩翃

籍贯：南阳（今属河南）

生卒年：不详

字号：字君平

代表作：《寒食》等

名句：日暮汉宫传蜡烛，

轻烟散入五侯家。

姓名：刘长卿

籍贯：宣城（今属安徽）

生卒年：？—约789

字号：字文房

代表作：《逢雪宿芙蓉山主人》等

名句：日暮苍山远，
　　　天寒白屋贫。

刘长卿

图书在版编目（CIP）数据

藏在历史里的古诗词 . 1 / 刘鹤著；麦芽文化绘
. — 成都：四川教育出版社，2021. 6

ISBN 978-7-5408-7593-0

Ⅰ . ①藏… Ⅱ . ①刘… ②麦… Ⅲ . ①古典诗歌—中国—中小学—课外读物 Ⅳ . ① G634.303

中国版本图书馆 CIP 数据核字 (2021) 第 115500 号

CANG ZAI LISHI LI DE GU SHICI 1

藏在历史里的古诗词 *1*

刘鹤◎著　麦芽文化◎绘

出 品 人	雷 华	
责任编辑	杨 波	
责任校对	洪晨阳	
封面设计	松 雪	
出版发行	四川教育出版社	
	地　　址	成都市黄荆路 13 号
	邮政编码	610225
	网　　址	www.chuanjiaoshe.com
印　　刷	河北鹏润印刷有限公司	
版　　次	2021 年 6 月第 1 版	
印　　次	2021 年 6 月第 1 次印刷	
开　　本	710mm×1000mm　1/16	
印　　张	8	
书　　号	ISBN 978-7-5408-7593-0	
定　　价	128.00 元（全 4 册）	

如发现印装质量问题，请与本社联系调换。电话：(028) 86259381
营销电话：(028) 86259605　邮购电话：(028) 86259605　编辑部电话：(028) 85623358

藏在历史

刘 鹤 著
麦芽文化 绘

里的古诗词

2

四川教育出版社

前　言

十几年前填报高考志愿时，我在中文专业和历史专业之间犹豫了很久，毕竟向来"文史不分家"。最终，父亲以"读史使人明智"为由为我选定了历史方向，这也为我后来的工作和事业奠定了基础。

记得在学习古诗词时，我的脑海中常常跳出这样一些问题："南朝四百八十寺"，真的有四百八十座寺庙吗？为什么要建那么多寺庙呢？大诗人李白为什么要作诗赠予汪伦呢？戍守边关的将士们是不是对葡萄有所偏爱，否则怎会有"葡萄美酒夜光杯"的名句？在婉转的音律和顿挫的节奏中，这些问题变得越来越清晰，吸引我去寻找答案。而唯有走近诗（词）人，走进历史，才能找到答案。我相信，很多大朋友、小朋友和曾经的我有过同样的困惑，这本书也由此诞生。

爱诗词，爱诗（词）人，更爱那个璀璨的时代。让我们带着这份深

爱，一起走进历史，寻找藏在历史里的古诗词。中国古典诗词不仅是浓缩的汉语精华，充满节奏感、韵律感，散发着迷人的魅力，其深藏的诗（词）人命运、时代特质、社会发展更吸引着一代又一代人去探索。是的，我们传承的不仅仅是语言艺术，更是一种民族文化、民族精神。这套书，并不拘泥于单纯的诗词教学，而是带着孩子一起回到过去，回到历史当中，回到创作的场景当中，看诗（词）人所看，思诗（词）人所思，悲诗（词）人所悲，乐诗（词）人所乐。走近诗（词）人，了解他们，融入他们，进而去见证一首伟大作品的诞生，去感受一个时代的兴衰。这四本书以诗（词）人的生平和古诗词的创作背景为线索，再现古诗词背后的历史故事。我始终相信，被古诗词滋养的孩子，是被生活和命运垂青的幸运儿。他们不仅拥有表达美的技能、创造美的能力，而且拥有纵观千年的豁达胸襟和淡看浮沉的从容睿智。

如果你是学龄前的小朋友，请你用此书开启美妙的古诗词之旅。去吧，去看看那些有趣的人和有趣的事！

如果你是一名小学生，请你将此书立于案头。当你想学习古诗词时，翻开它，走进诗（词）人的生活和情感，感受时代给予他们的自由与束缚！

如果你是一位古诗词爱好者，请你将此书置于床头。在每一个晨昏，浸润于古诗词的美妙中，穿越于历史的浮沉间。

我相信，你们一定会爱上它！

刘鹤

2021 年 4 月 20 日

目 录

01. 易水的记忆

　　战国时期，秦国凭借强大的武力，不断讨伐其他国家，意图统一天下。秦国吞并了韩、赵、魏等国后，开始对燕国虎视眈眈。燕国的太子丹深知本国人少兵弱，如果与秦国硬碰硬，那就是自寻死路。

　　一位谋士对太子丹说："我听说，秦军早已厌倦了战争，只有野心勃勃的秦王，总想统一天下。"意思是说只要秦国易主，战争就有望平息。

　　"那你有什么妙计？"太子丹赶紧问道。谋士说："我没有办法，但我向您推荐一个人，他肯定有办法！"于是，谋士向太子丹推荐了著名侠客田光。

知识小达人

谋士

谋士是指具有智慧、善于出谋献计的人。谋士常常以"门客""军师""幕僚"等身份，以自己的智慧为王侯霸业服务。我国古代著名的谋士有吕尚（姜太公）、管仲、范蠡等。

太子丹决定结交田光。在与田光见面之前，他左思右想，觉得刺死秦王是最好的救国方案。于是，见到田光之后，他向田光诉说了自己的刺秦计划，希望田光能帮忙。年迈的田光说道："身为燕国人，我愿意赴死救国。只是我老了，无法完成如此重任。这样吧，我向您推荐一人——荆轲，他一定能完成任务！"

知识小达人

侠客

我国自古以来就推崇行侠仗义的侠客精神。司马迁曾将侠客分成了"布衣之侠""乡曲之侠""闾巷之侠"等。诗仙李白也对侠客思想推崇至极，而且他本身就是一位"大侠"。李白在向别人推荐自己时曾说："十五好剑术……三十成文章……"

计划已定，太子丹与田光开始商量具体的细节。他们策划了一个看起来十分完美的方案：荆轲作为燕国使节，携带地图假意向秦王割地求和。荆轲事先在地图里藏好染毒的匕首，等他在秦王面前打开地图时，伺机从地图里拿出匕首刺杀秦王。为了让秦王深信不疑，荆轲带上了秦国叛将樊於期的人头。

　　田光将荆轲引荐给太子丹，并谋划好刺杀秦王的计划后，便拔剑自刎了。这是为什么呢？原来，田光作为一名死士，不能以死完成任务，就要以死保守国家机密。他的悲壮让太子丹和荆轲敬佩不已。

　　太子丹将荆轲奉为上卿，送给他很多贵重的礼物。荆轲很感动，更加坚定了完成使命的决心。太子丹命武士秦舞阳作为荆轲的助手，并与荆轲约定数日后启程。

数日后荆轲启程的那天，天刚蒙蒙亮，太子丹和一些大臣们早早地等在荆轲家门口，为他送别。他们一直把荆轲送到易水河边。荆轲的好朋友高渐离听说了这件事情，也早早地等在河边。

高渐离见荆轲到来，便奏响筑。此时，荆轲的胸中涌起万丈豪情，便跟着击筑的节奏唱起了歌："风萧萧兮易水寒，壮士一去兮不复还。"

唱罢，他告别送行的人，头也不回地上车离去。

知识小达人

筑

筑是古代的一种弦乐器，有十三根弦，弦下边有柱。演奏时，左手按弦的一端，右手执竹尺击弦发音。筑在战国时代是一种很流行的乐器。现在，我们常以"击筑"比喻慷慨悲歌或悲伤送别。

荆轲来到秦王嬴政的宫殿，面对威严的秦王和文武百官，他毫无惧色。他对秦王说："大王，燕国的地图我已经带来了。但是您对燕国的地形不了解，还是让我给您讲一讲吧！"秦王同意了。荆轲走近秦王，慢慢打开地图，待地图全部打开时便拔出事先藏在地图中的匕首准备行刺。一道寒光闪过，秦王迅速闪避。荆轲追刺秦王，秦王绕柱奔逃。而后秦王拔剑反击，荆轲身受重伤。此时，殿外侍卫一拥而上斩杀了荆轲。

没过几天，秦王就查明了事情的真相。"好哇，你个太子丹，竟然用这种计谋对付我！"秦王大发雷霆。

14

知识小达人

图穷匕见

"图穷匕见"这个故事最早见于司马迁写的《史记》中。后来，西汉的刘向在《战国策·燕策三》中写道："秦王谓轲曰：'起，取武阳所持图。'轲既取图奉之，发图，图穷而匕首见。"于是才有了"图穷匕见"这个成语，意思是事情发展到最后，真相或本意露出来了。

　　原来，嬴政与太子丹很小就认识了。那时候赵国比较强大，燕国的太子丹和秦国的嬴政都被当作人质送到了赵国。两个小伙伴常常一起玩耍。后来嬴政先回到了秦国。太子丹又一次被当作人质送到了秦国。两人相见，并没有再续往日的友谊，毕竟此刻的他们代表的是两个国家的利益。后来，太子丹从秦国逃走，嬴政忙着攻打其他国家，也就没有追捕他。而这一事件发生之后，秦王立即下令召集军队，进攻燕国。

消息传到了燕国，燕王喜吓得六神无主。他听信小人谗言，以为杀了太子丹就能平息秦王的怒火，使秦国退兵。但是，秦王得到太子丹的首级后并没有放弃攻灭燕国的图谋。五年后，燕国被秦所灭。

知识小达人

"战国七雄"是哪七个国家？

"战国七雄"指齐、楚、燕、韩、赵、魏、秦七个国家。这七个国家的国力随着战事的变化而变化。

战国中期，实力最强大的是魏国。战国后期，秦国一跃成为最强大的国家，并最终统一六国，建立了我国历史上第一个大一统的王朝。

时间慢慢流逝，让我们将目光转向九百多年后的唐朝。一位官员正在长安街上漫步，他就是刚刚调入长安的侍御史——骆宾王。

知识小达人

侍御史

侍御史是古代的官名。负责举劾非法，督查郡县，奉旨外出执行任务。

如果给年少成名的诗人排个榜，骆宾王一定榜上有名。他在我们上小学的年纪，就已经凭借《咏鹅》名满天下啦！

咏鹅

鹅，鹅，鹅，曲项向天歌。

白毛浮绿水，红掌拨清波。

知识小达人

吕后

吕后和武后都是女强人。吕后是汉高祖刘邦的皇后，原名吕雉，是我国历史上第一位"临朝称制"的女人。

当了侍御史的骆宾王一点都不开心，因为他发现溜须拍马的官员太多了。他还特别反对武后参与朝政。骆宾王向皇帝唐高宗进谏说："女人不涉政，这是自古以来的政治规矩。您千万不要忘记汉朝'吕后干政'的历史教训呀！"

在我们现在的社会中，有很多女政治家，但是在古代，这是绝对不可以的。

知识小达人

武则天

武则天原名武曌（zhào），是我国历史上唯一一位女皇帝。她废唐改国号为周。"武则天"是世人对她的尊称，来源于她的尊号"则天大圣皇帝"。

19

骆宾王这下可捅了马蜂窝！唐高宗震怒，文武百官也纷纷附和，说他对皇帝和武后不敬。于是，骆宾王被关进了监狱。在监狱里，骆宾王写了一首《在狱咏蝉》，借蝉来表明自己不同流合污的高洁品质。骆宾王很幸运，在他入狱的第二年，因遇大赦而重获自由。出狱后的骆宾王离开都城长安，来到幽燕之地。

一天，骆宾王送别自己的好友，不知不觉走到了一条河边。

这条河如此幽寒，叫什么名字？

易水河。

哦，这就是几百年前荆轲唱《易水歌》的地方啊！骆宾王不禁由荆轲想到自己，有感而发写下这样的诗句：

于易水送人

此地别燕丹，

壮士发冲冠。

昔时人已没，

今日水犹寒。

骆宾王始终对武后干政这件事耿耿于怀。于是，当武则天称帝时，扬州的徐敬业起兵造反，骆宾王就帮助徐敬业写了一首《为徐敬业讨武曌檄》。后来徐敬业失败了，骆宾王也不知去向。有人说他被杀了，有人说他出家了。"初唐四杰"之一的才子就这样消失在了历史的迷雾中。

告辞啦！

易 水 歌

[战国] 荆轲

风萧萧①兮②易水③寒，

壮士④一去兮不复还⑤。

探虎穴⑥兮入蛟宫⑦，

仰天呼气兮成白虹⑧。

注释

①萧萧：秋风的声音。

②兮：语气词，相当于现代的"啊"。

③易水：古代河水名字，源出河北省易县，是当时燕国的南界。

④壮士：指荆轲自己。

⑤不复还：不再回来。

⑥虎穴：老虎的巢穴。

⑦蛟宫：蛟指化形成龙的大蛇。蛟宫指大蛇的巢穴。诗中用虎穴、蛟宫代指刺秦是一件非常危险的事情。

⑧白虹：白色的长虹——日月周围的白色晕圈。

大意

秋风萧萧啊易河水寒冷，壮士这一去啊再也不能回来。

刺秦的行动就像探寻老虎的巢穴、深入蛟龙的宫殿一样危险重重，仰天呼出一口气都可以变成白虹。

于易水送人

[唐] 骆宾王

此地①别②燕丹③，
壮士发冲冠④。
昔时⑤人已没⑥，
今日⑦水犹⑧寒。

咏鹅

[唐] 骆宾王

鹅，鹅，鹅，
曲项①向天②歌③。
白毛浮绿水④，
红掌拨⑤清波⑥。

注释

①此地：易水岸边。荆轲告别太子丹的地方。

②别：告别，作别。

③燕丹：燕国太子丹。

④发冲冠：形容生气时，束起的头发直竖起来，把头上的帽子都顶起来了。冠，帽子。

⑤昔时：昔日，从前。

⑥没：通假字，同"殁"，死亡的意思。

⑦今日：现在。

⑧犹：仍然，依然。

大意

就是在这个地方，剑客荆轲拜别燕国太子丹，送别的人因荆轲的悲歌而怒发冲冠。

从前的英雄都已经不在了，今日的易水还是像过去那样寒冷。

注释

①曲项：弯着脖子。

②向天：朝着天空。

③歌：长鸣。

④浮绿水：漂浮在绿色水面上。

⑤拨：划动。

⑥清波：清澈的水波。

大意

"鹅，鹅，鹅。"一群长着雪白羽毛的白鹅，弯曲着长长的脖子，朝着天空歌唱。白色的羽毛轻轻地漂浮在绿色的水面上，红色的脚掌划呀划呀，拨动出清澈的波纹。

25

02. 会画画的诗人

曹操

朱熹

多重身份：政治家、军事家、文学家

代表作品：《短歌行》《观沧海》

多重身份：思想家、教育家、哲学家、诗人

代表作品：《春日》《观书有感》

在我国诗歌发展的历史中，曾涌现了一些多才多艺的诗人。他们拥有多重身份，是真正的"斜杠青年"。

王冕

多重身份：画家、诗人、篆刻家

代表作品：《墨梅》《白梅》

绘画作品：《南枝春早图》《墨梅图》《三君子图》

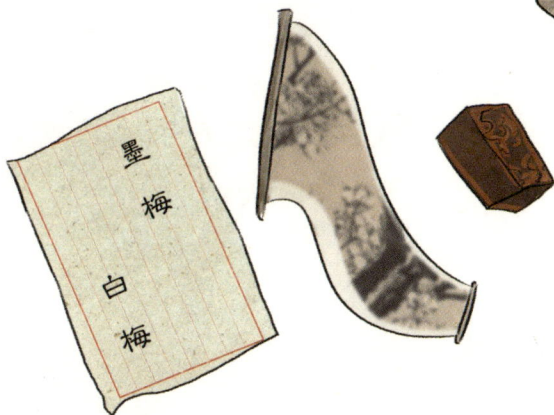

现在要给大家介绍几位地道的"斜杠青年"。第一位闪亮登场的是元朝著名画家、诗人、篆刻家王冕。

王冕出生于浙江省诸暨市枫
桥镇的一个小山村。这个地方在
地图上可真难找！据说村里只有
三户人家，一年到头全靠种地过
活。七八岁的王冕已经到了上学
的年纪，但是家里条件不允许，
他只能当个放牛娃。

王冕常常在放牛的时候溜进学堂听老师讲课。有一天傍晚，他一边想着老师讲的内容，一边走回家中。王爸爸问："牛都赶回来了？"王冕愣了一下，问："啥牛？"原来，他忘了把牛赶回家！王爸爸十分生气，把王冕揍了一顿。

不过王妈妈看出了王冕想学习的心思，就跟王爸爸商量让王冕读书。于是，王冕就离开了家去读书，并寄住在寺庙里。他学习很努力，常常在庙里的长明灯下看书。

后来，王冕确实变得博学多才。但可惜他不是考试型选手，多次参加科举考试都没考上，一气之下他将所有的文章都烧光了。

事实上，才华横溢但就是无法顺利通过科举考试的人不止王冕一个。比如，"吴中四才子"之一的文徵明参加了九次科举考试，却无一次成功；大诗人韩愈也是在第四次参加科举考试时才被发现是个人才而中举；写《聊斋志异》的蒲松龄、白话文学运动的先驱金圣叹都曾屡次落第；苏洵带着两个儿子苏轼、苏辙赶考，两个儿子都考中了，唯独他一把年纪就是未能登科。

终于！终于！终于中举啦！

投去羡慕的目光

榜

中举

苏洵如是说

考试对我来说比登天还难，我儿子随便考考就中，真是想不明白！

科举考试相当于我们今天的"公务员考试"，在古代是很多读书人出人头地的必经之路。

凭成绩说话！

科举考试起源于隋朝。从此以后普通老百姓可以通过努力学习，当上国家机关的"公务员"。科举这种选拔国家公职人员的制度从隋朝中后期一直延续到清末，在不同时期，考试内容和形式也在不断变化。

在隋朝以前，当官是"靠人脉"的。在魏晋南北朝时期，想要当官必须要跟中正官搞好关系，他对你赞许有加，你才能被推举为朝廷官员。

"不认识中正大人哪？"

"那还当什么官，回家种地去吧！"

知识小达人

九品中正制

九品中正制是魏晋南北朝时期的选官制度。具体方式是朝廷在各地设置中正官，根据中正官对某一地区人物的品评来任免官员。

我这里有一个不用考试的职位，正适合你呀！

我在这天地间逍遥自在，才不去你那儿受约束呢！

烧掉了文章之后，王冕回到家乡一心一意地种起地来，其"煮石山农"的号就由此而来。其实对于王冕来说，科举考试并不是他当官的唯一机会。他学识出众，几次被当官的朋友举荐，但他都拒绝了。他生活得十分随性、自我，兴致高昂时会穿着奇装异服往返于街市中，对别人怪异的目光毫不在意。

王冕很喜欢梅花，觉得梅花非常傲气，很像自己。
于是，他在院子里种满了梅花，还自称为"梅花屋主"。
他的梅花画得十分传神，咏梅的诗作也别具一格。

墨梅

我家洗砚池头树，

朵朵花开淡墨痕。

不要人夸好颜色，

只留清气满乾坤。

西
楼

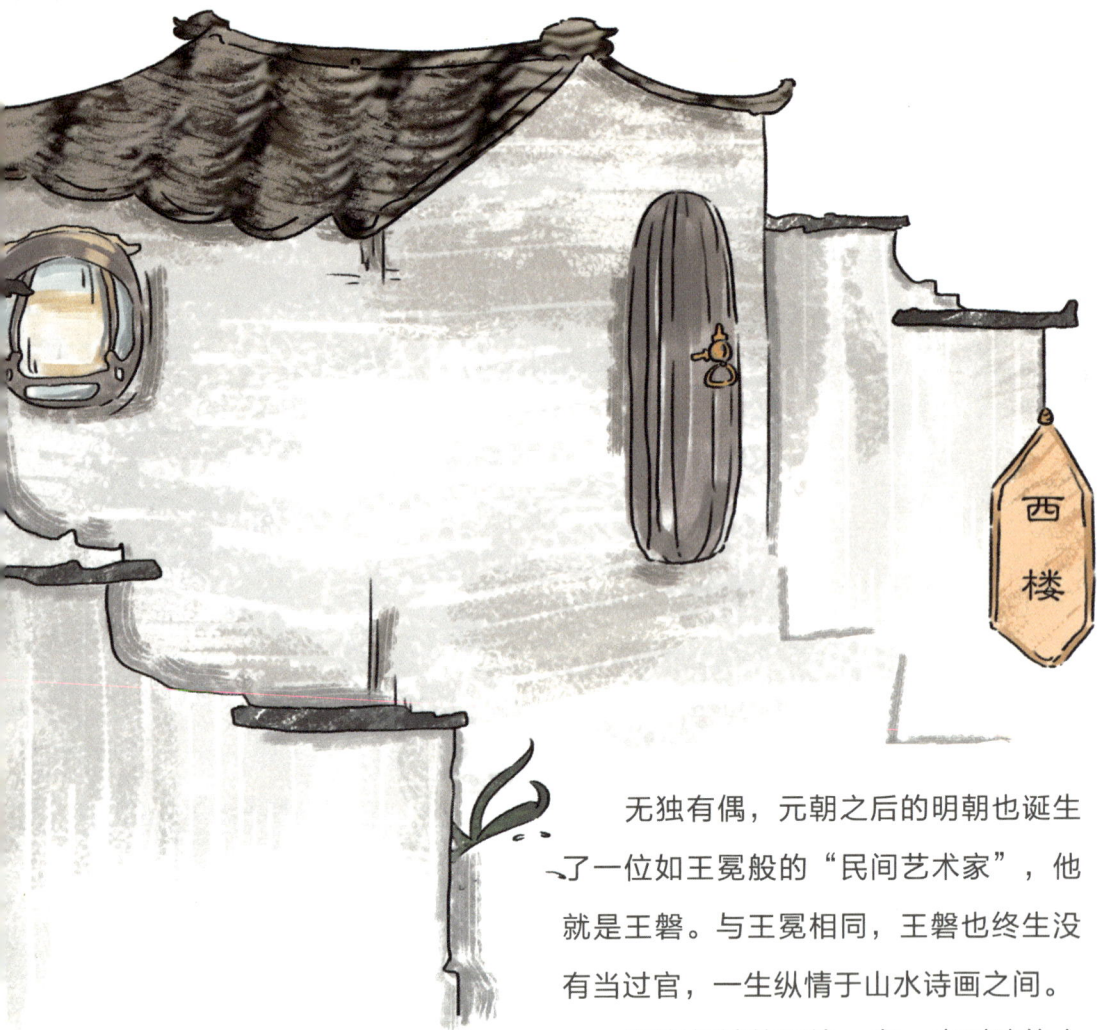

无独有偶，元朝之后的明朝也诞生了一位如王冕般的"民间艺术家"，他就是王磐。与王冕相同，王磐也终生没有当过官，一生纵情于山水诗画之间。

在高邮城的西边，有一座别致的小楼，门口挂着"西楼"二字。这就是王磐的家。

知识小达人

王磐

王磐（约 1470—1530），字鸿渐，自号西楼，江苏高邮人。明代散曲家、画家，亦通医学，被称为"南曲之冠"。

有一天，王磐在运河边上散步。他发现最近往来的大型船只很多，仔细一看，原来是宦官指挥着船只运送货物。

小心点，里面可都是宝贝呢！

手脚利索点！

这些宦官借着朝廷的威严，鱼肉百姓，真是可耻，可恨！

知识小达人

宦官

宦官又称太监，是中国古代专供帝王及其家属役使的人员。

这群宦官牢牢地掌握着朝廷的权力，但是他们哪懂什么治国安邦的道理，他们再威风，也只是"寄生虫"，等皇帝一死或者突然变脸，他们就惨了。明代宦官最多的时候约有十万人，他们操纵着朝廷的各个重要部门。

王磐看到这群宦官就气不打一处来，必须大骂一顿才解气。可是谁敢当面骂他们呀，那不是自寻死路吗？于是，聪明的王磐写了一首散曲：

知识小达人

东厂、西厂

东厂全称"东缉事厂"，是明代的特权监察机构、特务机构和秘密警察机构，由宦官担任首领。东厂可以不经过司法程序就随意抓人。西厂是"西缉事厂"，与东厂和锦衣卫合称"厂卫"，它的权力比东厂的权力大。

喇叭?

唢呐?

朝天子·咏喇叭

喇叭，唢呐，曲儿小腔儿大。官船来往乱如麻，全仗你抬声价。军听了军愁，民听了民怕。哪里去辨甚么真共假？眼见的吹翻了这家，吹伤了那家，只吹的水尽鹅飞罢！

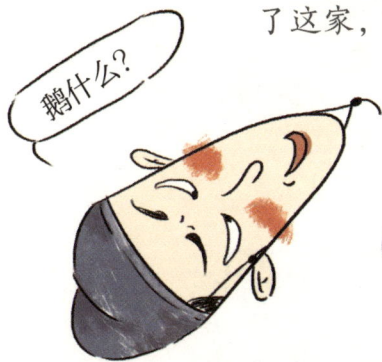

鹅什么?

什么鹅?

真是让鹅摸不着头脑。

这首散曲写得真是有水平，表面上看是写骚扰百姓的喇叭、唢呐，实际上是说这些宦官让百姓不得安宁。

知识小达人

朝天子

朝天子是曲牌名，又名朝天曲、谒金门，曾用作词牌名。曲牌名与词牌名一样，是一种固定的音乐格式。曲牌名规定了曲子的字数、押韵韵脚和调式（类似于当代音乐的调式，如 C 大调、E 小调）。

高邮地区有句歇后语："王西楼嫁女儿——话（画）多银子少。"嫁女儿用自己的画作陪嫁，足见王磐的画多有名气。

哈哈！对，就是我写的！

王磐不仅画画得好，医术也了得。当时，江淮一带出现了严重的灾荒。王磐担心灾民们误食野菜中毒，就编写了一本《野菜谱》。

野菜谱

　　王冕和王磐都是不爱当官爱画画的诗人，不过也有既当官也卖画的诗人，那就是郑燮（xiè）。不过郑燮四十岁才考上举人，五十岁才当上范县的知县。

嗯？谁在叫我？

郑燮年轻时到处旅游，爱交朋友爱喝酒。虽然他因此耽误了学习，却增长了不少见识，交到了很多挚友。他在六十多岁的时候，因为民请命而被迫离开工作岗位。

知识小达人

郑燮

郑燮 (1693—1766)，字克柔，号理庵，又号板桥，人称"郑板桥"，江苏苏州人，清代书画家、文学家。

郑燮当了十几年的官，两袖清风。有一次，一个小偷听说他是退休的官员，便想半夜去他家偷点好东西。结果小偷发现郑燮家里值钱的就只有他的画作。

郑燮擅长画兰、竹、石，曾说："四时不谢之兰，百节长青之竹，万古不移之石，千秋不变之人，写三物与大君子为四美也。"他的诗书画被称为"三绝"。

　　有人说郑燮的画"怪"人也"怪"，甚至还将其评为"扬州八怪"之一。比如退休后的郑燮所作的画十分畅销，但是他是绝对不会把画卖给他看不上眼的"土豪"的。别人想要定制画稿也要看郑老的心情，郑老高兴才画不高兴就不画。

　　看到贪官被抓游街示众，郑燮就画了一幅画挂在犯人身上，吸引人们围观，警示大家当官不要贪。

　　王冕、王磐和郑燮生活的朝代分别是元朝、明朝和清朝。其实历史上的每个朝代都曾涌现这样的才子。他们在文学和美学方面不断达到新高度，为我们留下了宝贵的文化遗产。

明
王磐

清
郑燮

元
王冕

朝天子[1]·咏喇叭

[明] 王磐

喇叭，唢呐[2]，曲儿小腔儿大。官船来往乱如麻，全仗你抬声价。军听了军愁，民听了民怕。哪里去辨甚么真共假？眼见的吹翻了这家，吹伤了那家，只吹的水尽鹅飞罢[3]！

| 注释 | ①朝天子：曲牌名。
②唢呐：与喇叭相似的一种乐器。这里喇叭和唢呐都隐指宦官。
③水尽鹅飞罢：形容宦官把百姓的财产都搜刮干净了。 | 大意 | 喇叭和唢呐，吹出的曲子短小，可是声音很大。官船来来往往，又多又乱就像乱麻，全都倚仗着你来抬高名声身价。士兵听了发愁，老百姓听了害怕，哪里会去分辨什么真和假？眼看着吹翻了这家，吹伤了那家，只吹得水干了，鹅也飞光了！ |

竹 石

［清］郑燮

咬定①青山不放松，
立根②原在破岩③中。
千磨万击④还坚劲⑤，
任⑥尔⑦东西南北风。

注释

①咬定：咬紧。

②立根：扎根。

③破岩：裂开的山岩，即岩石的缝隙。

④千磨万击：指无数的磨难和打击。

⑤坚劲：坚强有力。

⑥任：任凭。

⑦尔：你。

大意

竹子紧紧地抓住青山一点也不放松，它的根部原本就扎在岩石的裂缝之中。经历了无数的磨砺打击还依然坚韧有力，任凭你吹的是东南风，还是西北风。

梅 花

［宋］王安石

墙 角 数 枝 梅 ，

凌 寒① 独 自 开 。

遥② 知 不 是 雪 ，

为③ 有 暗 香④ 来 。

注释	①凌寒：冒着严寒。 ②遥：远远地。 ③为（wèi）：因为。 ④暗香：指梅花的幽香。	大意	墙角有几枝梅花，冒着严寒独自盛开。 虽然梅花洁白似雪，但我远远地就知道那并不是雪，因为有清幽花香飘荡而来。

墨 梅①

[元] 王冕

我 家 洗 砚 池② 头③ 树 ，

朵 朵 花 开 淡 墨④ 痕 。

不 要 人 夸 好 颜 色 ，

只 留 清 气 满⑤ 乾 坤⑥ 。

注释	①墨梅：用水墨画的梅花。②洗砚池：洗笔和砚台的池子。③头：边上。④淡墨：水墨画中将墨色分为清墨、淡墨、浓墨、焦墨等。此处指盛开的梅花像是用淡淡的墨迹点染成的。⑤满：弥漫。⑥乾坤：指天地之间。	大意	我家洗砚池边有一株梅树，那朵朵盛开的梅花，像是用淡淡的墨迹点染成的。它们不需要别人来夸赞自己颜色好看，只想让清香之气弥漫在这天地之间。

03. 诗人的眼泪

我们的生活中总有一些让人痛苦的事。比如，我们好不容易写完了作业，却把作业落在了家里，被老师一顿批评；终于有了一辆新自行车，快骑到校门口的时候摔了个"狗啃泥"，被同学嘲笑。对于诗人来说，最痛苦的事情莫过于一身的才华无处施展。

有一位诗人就曾面临这样的苦恼。说起来，他还是弃武从文的典范。在十七八岁之前，他都以"侠客"自居，终日习武。后来有一次不小心伤了人，他才决定放下剑，拿起笔。这位诗人叫陈子昂。

陈子昂虽然很晚才开始学习文化知识，但因为聪明和刻苦，二十多岁就进士及第，后来还升为右拾遗。当时正是武则天当政，这个霸道的女人喜欢用酷吏。陈子昂多次冒着免官、杀头的危险谏言，但都不被采纳。

臣以为，此事应当……

又来了，烦不烦？

知识小达人

右拾遗

右拾遗是负责向皇帝进行谏言、举荐人才的从八品上官员。

真是欲哭无泪呀，咋就不能听我一回呢！

　　696 年，契丹的李尽忠、孙万荣等举兵攻陷了营州。武则天派武攸宜率军征讨，陈子昂随军出征。因为武攸宜没什么战争经验，又头脑简单，所以多次兵败。陈子昂看了急得如热锅上的蚂蚁，多次请求派兵驱敌，谁知武攸宜不仅不允，还降了他的职。

武则天一介女流，不懂我的才华也就算了，怎么武攸宜也不懂我呀！

郁闷的陈子昂眼看报国无望，郁闷地登上了蓟北楼。北风呼呼地刮着，他越发郁闷了，心想：我胸怀大志，领导却看不见，这不是埋没人才嘛！他泪流满面，大声喊道：

蓟北楼

前不见古人，

后不见来者。

念天地之悠悠，

独怆然而涕下。

两年后,陈子昂因父亲病重而辞官回乡。没过多久,陈子昂的父亲去世了,他就在老家服丧。有个叫武三思的权臣指使射洪县令段简罗织罪名,诬陷陈子昂。年仅四十一岁的陈子昂冤死狱中。

囚

知识小达人

服丧

服丧是指在长辈或平辈亲属等去世后的一段时期内,通过穿孝服、佩黑纱、戴白花等形式表达对亲人的哀悼。我国古代服丧制度十分严格,按照亲疏远近可将丧服依次分为斩衰、齐衰、大功、小功、缌麻五种,这就是"五服"。

知识小达人

古人一般多大年纪考中进士？

不同朝代的人考中进士的平均年龄不同，但总体来说三四十岁考中进士属于正常水平。北宋的文学家、政治家晏殊十四岁考中进士，已是"神童"水平。清代有位叫陆云从的老人，一百零三岁还在参加科举考试。

陈子昂的结局无疑是悲惨的，满腔报国热情换来的竟然不是善终。还有一位诗人跟陈子昂差不多，不同的是他对朝廷失去了信心，辞官还乡了。这位诗人叫龚自珍。

龚自珍二十七岁考中举人，三十八岁考中进士，仕途还算顺利。

龚自珍的家境很好，爷爷、爸爸都是朝廷官员，妈妈是知识分子。龚自珍受妈妈影响，从小就好读诗书，十五岁便出了人生第一本诗集。

龚自珍为人正直，在朝时主张革除弊政，抵御外侮，因此得罪了不少权贵，处处受排挤和打击，十分郁闷。

必须把侵略者打得落荒而逃！

不能打，不能打，得好好商量解决办法！

1839 年，他终于无法忍受同事们的排挤了。他对朝廷十分失望，觉得再待下去也无法实现报国理想，还不如回老家教学生，或者投身到民间反抗外国侵略者的运动中，于是他决定辞职。

龚自珍辞职后，就离开了京城。之后，他又北上迎接留在京城的家眷。就在往返途中，他写了很多优秀的诗篇，总称《己亥杂诗》，共三百一十五首。

己亥杂诗（其五）

浩荡离愁白日斜，吟鞭东指即天涯。
落红不是无情物，化作春泥更护花。

己亥杂诗（其二百二十）

九州生气恃风雷，

万马齐喑究可哀。

我劝天公重抖擞，

不拘一格降人才。

1841 年，龚自珍在丹阳暴毙身亡。有的人说，他是被人毒杀的，但没有任何证据。龚自珍究竟是怎么死的，成了历史上的一个谜。

陈子昂和龚自珍等诗人虽未实现政治抱负，但终究凭借诗作青史留名，也算是对他们郁郁不得志的一生的告慰了。你还知道哪些像他们一样郁郁不得志的诗人呢？

己 亥 杂 诗（其二百二十）

[清] 龚自珍

九 州① 生 气② 恃③ 风 雷 ，

万 马 齐 暗④ 究 可 哀 。

我 劝 天 公 重 抖 擞⑤ ，

不 拘 一 格 降⑥ 人 才 。

注释	①九州：中国的别称之一。 ②生气：生机勃勃的局面。 ③恃（shì）：依靠。 ④万马齐喑（yīn）：比喻社会政局毫无生气。喑，沉默，不说话。 ⑤抖擞：振作，奋发。 ⑥降：降生，降临。	大意	只有依靠风雷激荡的力量才能使中国重现生机，然而如今毫无生气的社会政局着实令人悲哀。 我奉劝上天重新振作精神，不受限于固定的规格，降下可用的人才。

登 幽 州 台 歌

［唐］陈子昂

前①不见古人，

后②不见来者。

念③天地之悠悠④，

独⑤怆然⑥而涕⑦下。

注释

①前：过去。

②后：未来。

③念：想到。

④悠悠：形容时间的悠远和空间的广大。

⑤独：独自。

⑥怆然：悲伤的样子。

⑦涕：古时指眼泪。

大意

往前看，我见不到古代招贤纳士的圣君，往后看，我见不到后世求贤若渴的明君。想这天地浩大苍茫，我却生不逢时，只能独自悲伤，流下眼泪。

04.流连花间

花、酒、诗和三五个好朋友，这是最能触发诗人灵感的场景。有个成语叫作"触景生情"，可见风景能影响一个人的情绪。我国古代建筑非常讲究，稍微富裕点的家庭都会在家中建一个小花园。这些小花园往往是诗人散步、聚会的场所。大诗人李白曾说："花间一壶酒，独酌无相亲。"

唐宋时期是我国历史上诗词繁荣发展的黄金时期。当时，一些兴趣相投的人会聚在一起写诗作词，他们写的诗词风格相同，主题相对固定。这样的团体有些类似于我们今天的各种学社，我们将其中一些团体称为诗派。南宋后期，出现了一个"江湖诗派"。

知识小达人

江湖诗人

南宋书商陈起与一些诗人相处得十分融洽，于是将这些诗人写的诗编缀成书并刊印出售，如《江湖集》《江湖续集》《江湖后集》等，后人将这些诗集所收诗人称为"江湖诗人"。这些诗人大部分为布衣或小官，他们自由不羁，针砭时弊。江湖诗人中成就较高的是戴复古和刘克庄。

"江湖诗派"中有一位诗人，叫叶绍翁。他的一生着实有些坎坷。本来叶绍翁的祖父在朝廷当官，但后来因为支持赵鼎得罪了秦桧而被贬。那时候叶绍翁还小，受到了牵连，父亲无奈只能将他送给一位姓叶的朋友当儿子。叶绍翁改名换姓后，日子过得还算平安。

　　长大后的叶绍翁喜欢诗文，常常与朋友谈诗论画。

府第

这趟来虽然没见到朋友，但写出了一首诗，也算很值得啦！

一天，云淡风轻，阳光明媚，叶绍翁乘兴去拜访朋友。他来到朋友家的小花园的门前，轻轻敲了几下门，没有人回应，又敲了几下，还是没人应声。他想，朋友大概是怕园里的满地青苔被人践踏，所以闭门谢客。叶绍翁在花园外面寻思着，徘徊着，觉得很是扫兴。他无可奈何，准备离去，抬头之间，忽见墙上一枝盛开的红杏花探出头来。他瞬间来了灵感："春色满园关不住，一枝红杏出墙来。"

喜欢鲜花、热爱大自然的诗人古往今来还真不少。大诗人杜甫在饱经离乱之后，寓居四川成都，在西郊浣花溪畔建成草堂，有了一个暂时安身的处所。"浣花溪水水西头，主人为卜林塘幽"，杜甫所住的郊外草堂，环境幽静。这年春天，杜甫独自在锦江江畔散步赏花，写下了《江畔独步寻花七绝句》一组诗。

江畔独步寻花（其五）

黄师塔前江水东，

春光懒困倚微风。

桃花一簇开无主，

可爱深红爱浅红？

杜甫为什么选择在成都定居呢？唐代有句俗话说"扬一益二"，扬是扬州，益是益州，益州也就是今天的成都。那时候除了长安、洛阳，成都的繁华是数一数二的。安史之乱后，中原民不聊生，只有四川地区还保持安定，就连唐玄宗也曾经率领着一批官员逃到成都。

杜甫在成都能安稳生活，全靠老朋友高适和严武的关照。严武不仅帮杜甫张罗盖房子，还时不时给他送点米面油，甚至还给他推荐工作。严武推荐杜甫做检校工部员外郎，因此后人又称杜甫为"杜工部"。但好景不长，随着两位朋友的相继离世，杜甫的生活又陷入贫困。狂风暴雨中，他的茅屋摇摇欲坠，他睡不着觉，写下了《茅屋为秋风所破歌》。杜甫一家在成都生活了几年后，因生活所迫只能离开成都。在成都，杜甫写了几百首诗，其中不乏佳作。离开成都后，杜甫的余生仅剩诗与漂泊。

茅屋为秋风所破歌（节选）

安得广厦千万间，大庇天下寒士俱欢颜！

风雨不动安如山。呜呼！何时眼前突兀见此屋，

吾庐独破受冻死亦足！

如果说杜甫是"寻花"有感，那苏轼就是"看花"有感了。北宋有一位僧人叫惠崇，他擅长写诗，会作画。

有一次，苏轼得到了惠崇的一幅画。他白天看，晚上看，真是爱不释手。

我大宋真是文化繁荣啊，连僧人的文学造诣和艺术造诣都如此之高。

知识小达人

九僧

北宋初年，有九位僧人以诗著名，他们还出了一本《九僧诗集》呢！惠崇就是"九僧"之一，他的画作流传下来的不多，件件都是国宝呢！

苏轼看得入了迷，对惠崇的画工大加赞赏。他沉思片刻，提笔写下两首诗，这就是我们熟知的《惠崇春江晚景》。可惜的是，原画已失，我们只能根据苏轼的诗句来想象那美好的画面啦！

惠崇春江晚景（其一）

竹外桃花三两枝，

春江水暖鸭先知。

蒌蒿满地芦芽短，

正是河豚欲上时。

惠崇春江晚景（其二）

两两归鸿欲破群，

依依还似北归人。

遥知朔漠多风雪，

更待江南半月春。

苏轼创作了一百多首题画诗，其数量也许是宋朝最多的了。现在还有学者专门研究他的题画诗呢！

知识小达人

题画诗

题画诗是写在画上的诗，是中国画的艺术特色之一（西方人不在画上写诗）。将诗、书、画三者巧妙地结合在一张纸上，使它们互相辉映，增强了作品的美感。

　　苏轼的学识自然了得，因此难免有点恃才傲物，目中无人。据说，一次，他拜访宰相王安石，正巧王安石出门去了。他在王安石的书桌上看见了一句关于菊花的诗："西风昨夜过园林，吹落黄花满地金。"苏轼想，菊花最耐寒，怎么会被秋风吹落呢？于是，他提笔改了起来："秋花不比春花落，说与诗人仔细吟。"王安石回来之后看见了苏轼改的诗，十分不悦。

写完啦，要出门啦。

这写得不太对呀。

这是谁干的？

惭愧，惭愧呀！

后来某年重阳节的时候，苏轼邀请好友到花园赏菊。只见菊花纷纷落下，满地金黄。他这才想起给王安石改诗的事，十分惭愧。原来他是输在了见识短浅上。从此以后，他变得谦虚谨慎。

江畔①独步②寻花（其五）

［唐］杜甫

黄 师 塔 前 江 水 东，

春 光 懒 困 倚 微 风。

桃 花 一 簇③ 开 无 主④，

可 爱 深 红 爱 浅 红？

注释

①江畔：指成都锦江之滨。

②独步：独自散步。

③一簇：一丛。

④无主：没有主人。

大意

黄师塔前那一江的碧波春水滚滚向东流，春天让人困倦得总想倚着春风小憩。

江畔盛开的那一簇无主的桃花映入眼帘，究竟是爱深红色的还是更爱浅红色的呢？

江 畔 独 步 寻 花 （其六）

［唐］杜甫

黄 四 娘①家 花 满 蹊②，

千 朵 万 朵 压 枝 低 。

留 连③戏 蝶 时 时 舞 ，

自 在 娇④莺 恰 恰⑤啼 。

| 注释 | ①黄四娘：杜甫在成都草堂居住时的邻居。②蹊（xī）：小路。③留连：即留恋，舍不得离去。④娇：可爱的样子。⑤恰恰：象声词，形容鸟叫的声音悦耳动听。 | 大意 | 黄四娘家的小路旁开满了鲜花，千万朵鲜花把枝条压得低垂。蝴蝶在花丛中盘旋飞舞，舍不得离开，自由自在的小黄莺在花间不停啼叫，叫声悦耳动听。 |

惠 崇 春 江 晚 景 （其一）

[宋]苏轼

竹 外 桃 花 三 两 枝 ，
春 江 水 暖 鸭 先 知 。
蒌 蒿^① 满 地 芦 芽^② 短 ，
正 是 河 豚^③ 欲 上^④ 时 。

| 注释 | ①蒌蒿：草名。
②芦芽：芦苇的幼芽，可食用。
③河豚：一种鱼，肉味鲜美，有毒，加工后可食用。
④上：指逆江而上。 | 大意 | 竹林之外盛开着两三枝桃花，春天的江水回暖，在水面上嬉戏的鸭子最先感知到。
蒌蒿遍地生长，芦苇长出短短的幼芽，现在这时节，正是河豚逆江而上的时候。 |

游园不值①

[宋] 叶绍翁

应 怜② 屐 齿③ 印 苍 苔 ，
小 扣④ 柴 扉⑤ 久 不 开 。
春 色 满 园 关 不 住 ，
一 枝 红 杏 出 墙 来 。

注释

①游园不值：想游园却没有遇到人。不值，没有遇到人。

②应怜：大概是感到心疼吧。应，大概，表示猜测；怜，怜惜。

③屐（jī）齿：指木鞋底下突出的部分。屐，木鞋。

④小扣：轻轻地敲门。

⑤柴扉（fēi）：用木柴、树枝编成的门。

大意

也许是园主担心我的木屐踩坏他那爱惜的青苔，我轻轻地敲柴门，久久没有人来开。

可是这满园的春色毕竟是关不住的，那儿有一枝红色的杏花伸到墙外来了。

05. 右手执笔，左手扛枪

每个时代、每个国家都需要军人维护国家的稳定、保卫人民的安全。在我国古代，从军是每个男儿的责任与义务。

知识小达人

古代男子多大年纪从军?

秦中后期，从军年龄为 17 岁以上，隋唐时为 22 岁上下。

　　在从军的将士中，有一些能作诗的人才。战争和边塞生活给了他们灵感，使他们的诗具有一种新的风格。这些诗被称作边塞诗。

知识小达人

边塞诗

边塞诗又称出塞诗，是以边疆地区军民生活和自然风光为题材的诗。代表诗人有高适、岑参、李颀、王昌龄、王之涣、王翰等。

有一位叫卢纶的青年，参加了好多次"公务员考试"都没成功。这年他准备充分，信心十足地又一次进京赶考，可谁知遇上了安史之乱。皇帝都逃了，还考什么试呢！后来，他又多次参加科举考试，可都未能及第。

失败

失败

卢纶太有才了！

卢纶才华横溢，因此很多官员都听说过他。他也被评为"大历十才子"之一。宰相元载和王缙找卢纶聊天，发现卢纶完全具备破格录取的条件。于是王缙向皇帝推荐卢纶，让他当了校书郎。

知识小达人

校书郎

校（jiào）书郎的职责主要是校勘宫中所藏典籍，属于低级官员。

举荐信

再放任他们揽权，

我的皇位可就不保了！

谁知，元载仗着自己位高权重，独揽朝权，排除异己，十分嚣张。终于，皇帝生气了，逮捕了元载和王缙，还赐死元载全家。不得不说，才子卢纶毁在了"交友不慎"上。这下，卢纶受到了牵连，官当不成了，还差点被抓起来。

没过几年，唐代宗就去世了。他的儿子唐德宗继位，继续任用卢纶。他任命卢纶为元帅府判官，让他去军队锻炼锻炼。这段时期的军营生活，使卢纶的诗风变得粗犷豪放。他写了一些关于军旅的边塞诗歌，其他大历才子看到这些诗后十分羡慕。

有一天半夜，卢纶被一阵脚步声惊醒。原来，军队得到情报，敌人的残兵要趁夜逃跑。咸宁王下令骑兵立即追捕。卢纶看着骑兵队伍消失在茫茫风雪中，内心十分激动，作下一首《塞下曲》。

塞下曲

月黑雁飞高，

单于夜遁逃。

欲将轻骑逐，

大雪满弓刀。

　　卢纶在军营中写了一首又一首诗，有的诗描写了战士们征战沙场的英勇表现，有的诗描写了伤病退伍军人的凄惨境遇。渐渐地，这些诗传到了皇帝的耳中。皇帝十分欣赏卢纶的才华，心想一定要重用他。谁知，卢纶官运刚刚开始，不久就去世了。好在他的诗流传千古，至今仍在传诵。

蓬鬓哀吟古城下，
不堪秋气入金疮。

卧听未央曲，
满箱歌舞衣。

好诗，好诗！

一悟归身处，
何山路不通。

醉眠芳树下，
半被落花埋。

　　或许并不是每个人都适合在朝廷工作的。有一位著名的
边塞诗人，虽然年近三十就中了进士，当了官，但官路并不
平坦。他的名字叫王昌龄。王昌龄出生在普通的农民家庭，
生活比较贫寒。王昌龄二十多岁的时候，家庭经济情况好转，
他开始四处旅游。

知识小达人

玉门关

玉门关在今甘肃省敦煌市境内，始设于汉武帝开通西域之路、设置河西四郡之时，是重要的军事关隘和丝绸贸易要道。

王昌龄一直想去看看塞外的风景，戈壁、沙漠和昏黄的天空都深深地吸引着他。终于有一天，王昌龄踏上了赴河陇之路，一直走出了玉门关。

王昌龄边走边看，塞外的风光奇特瑰丽，百姓粗犷豪放，令他诗兴大发。当他站在玉门关外时，内心更加激动。他想起汉代的大将军就在这里抗击匈奴，便作了一首《出塞》。

出塞

秦时明月汉时关，

万里长征人未还。

但使龙城飞将在，

不教胡马度阴山。

年轻的王昌龄一路走一路看，心中对大唐盛世的繁华印象与所见的百姓生活疾苦形成鲜明对比，于是他下定决心投笔从戎。这期间，王昌龄写了著名的《从军行》，一共七首。古往今来，多少热血男儿因读了这组诗而激发出奔赴沙场、守卫祖国的爱国热情。

王昌龄年近三十的时候中了进士，当了校书郎（看来这是个才子独霸的岗位）。过了几年，吏部组织博学宏词考试，他考中后，被提拔为汜水尉，后来又被提拔为江宁丞。

从军行（其四）

青海长云暗雪山，
孤城遥望玉门关。
黄沙百战穿金甲，
不破楼兰终不还。

从军行（其五）

大漠风尘日色昏，
红旗半卷出辕门。
前军夜战洮河北，
已报生擒吐谷浑。

后来，王昌龄被任命为江宁丞。他在这里并不孤单，因为时常有朋友来看他。一次，朋友辛渐来看望他，王昌龄请他吃饭，辛渐离开时，王昌龄还亲自把他送到船上。辛渐走后，王昌龄有些难过。他提笔写了两首诗：

芙蓉楼送辛渐（其一）

寒雨连江夜入吴，平明送客楚山孤。

洛阳亲友如相问，一片冰心在玉壶。

芙蓉楼送辛渐（其二）

丹阳城南秋海阴，丹阳城北楚云深。

高楼送客不能醉，寂寂寒江明月心。

知识小达人

江宁丞

江宁丞即江宁县丞，县丞相当于今天的副县长。

如果能在江宁一直工作到退休，或许王昌龄会有更多名篇留世。但历史不如人愿，748 年左右，王昌龄被贬为龙标尉。比王昌龄小三岁的好朋友李白听说了这件事后，感到惋惜和同情。对此，他有感而发，作了一首诗。

闻王昌龄左迁龙标遥有此寄

杨花落尽子规啼，闻道龙标过五溪。

我寄愁心与明月，随君直到夜郎西。

755 年，安史之乱爆发，朝
廷自顾不暇，官员们各寻出路。
756 年，唐肃宗大赦天下，王昌
龄得以致仕回乡。五十九岁的王
昌龄带着一个老仆人，牵着一匹
老马，背着简单的行李，由龙标
辗转回老家京兆。王昌龄一生重
情重义，因此知心朋友很多。他
深知自己年事已高，如不借机探
望朋友，恐怕以后再难相见。于
是，这一路他走走停停，常与朋
友相聚，一年后走到了濠州。

按照唐朝的规定，王昌龄路过濠州是要去拜会地方官、开个通关文书的。当时的濠州刺史是闾丘晓。他平时喜欢吟诗作对，但那水平与王昌龄比，简直是天壤之别。最要命的是他心胸狭隘，嫉贤妒能。那天，王昌龄恭恭敬敬地递上了文书。

你就是"七绝圣手"？

不敢当！

回辟

谦虚

迴避

谁知，闾丘晓扫了一眼文书便厉声喝道："现在正值安史之乱，人人都南逃，你却往北走，是不是去投敌？"王昌龄一听，反问道："你有什么证据？"闾丘晓冷笑一声后，说道："打你几棍子就有证据了！"师爷从旁劝阻道："这样不好吧，他也是朝廷的官员，以后恐怕不好交代。"闾丘晓轻蔑地说："怕什么！这乱世，我的地盘我说了算！"头发斑白的老人家王昌龄就这样被活活打死了！一位文化巨匠的一生就这样结束了。

打！都给我打！

哎哟，打不得呀！

知识小达人

七绝圣手

"七绝"是指七言绝句，全诗共四句，每句七个字。王昌龄以七言绝句著称，因此被当时的文人赞为"七绝圣手"。

哼！

饶命啊，大人！

一年后，河南节度使张镐以贻误军机罪处死闾丘晓。临死前，闾丘晓乞求道："有亲，乞贷余命。"意思是说，家里还有父母要赡养。张镐冷冰冰地说："王昌龄之亲，欲与谁养？"意思是说，王昌龄的父母，又由谁来赡养？

岁月流转，时间来到了一千多年后。这天，福建长乐谢家诞生下一个女婴，取名谢婉莹。十九年后，她在文坛崭露头角，给自己取笔名为"冰心"，以此致敬先贤王昌龄。

知识小达人

梨园

现在，我们将戏班或剧团称为"梨园"，将戏曲演员称为"梨园子弟"。在唐玄宗时期，唐玄宗因为喜欢音乐和戏曲，便设置了一个训练乐工的机构，称为梨园。因为梨园是给皇帝表演节目的，所以普通老百姓遇到他们表演节目都要回避。

　　每个人的一生都有最快乐的时光，古人将其总结为"久旱逢甘雨，他乡遇故知，洞房花烛夜，金榜题名时"四大喜事。对于王昌龄来说，更多的快乐来自朋友。论数量，王昌龄的朋友不是最多的，但不少是著名的诗人。相传，有一天，微雪飘飘，王昌龄与高适、王之涣一起喝酒。王之涣比王昌龄大十岁，是大哥，高适比王昌龄小六岁，算小弟。这三位在一起作诗谁都不服谁，就是外人也难以将他们的诗分个高下。推杯换盏间，他们忽然听说有梨园官员率领歌女登楼宴饮。三位诗人立即回避，躲在黑暗的角落里，想看她们表演节目。

不一会儿，四位漂亮的歌女上楼，随着音乐声唱起了当时的流行歌曲。王昌龄等窃窃私语："我们三个人的诗都被唱进了歌儿里，一会儿这些歌女唱谁的诗多，谁就是最优秀的！"

寒雨连江夜入吴，平明送客楚山孤。

犹是子云居。夜台今寂寞，

玉颜不及寒鸦色，犹带昭阳日影来。

第一首和第三首都是我的，哈哈哈。

这第二首是我的。

最后一位歌女如果不唱我的诗，这辈子我就甘拜下风！

歌女们一连唱了几首，其中有王昌龄和高适的作品，却没有王之涣的。这时候王之涣有点坐不住了。他以为自己很出名了，结果等了半天也没人唱他的诗作。他觉得有些没面子，就赌气说："最后一位歌女如果不唱我的诗，这辈子我就甘拜下风！"

轮到第四位歌女开口了，她是四人中最漂亮的。她唱起了一首诗。

黄河远上白云间，
一片孤城万仞山。
羌笛何须怨杨柳，
春风不度玉门关。

哈哈哈！我就知道一定有我的诗！

这首诗正是王之涣的《凉州词》。

王之涣得意至极，几位朋友忍不住开怀大笑起来。梨园官员和歌女们问他们是什么人，他们报出名号，不仅没被责罚，反而被邀请一起喝酒。这件事被文人记录下来，称为"旗亭画壁"。

说到这里，大家可千万别误会，凉州词并不是诗名，而是唐周时期的曲调名。凉州词是按照凉州的地方曲调唱的，听起来情感真挚，悲壮苍凉。凉州词的内容包罗万象：有描写战争的，有抒发爱国情怀的，有表达思乡之情的，有赞叹自然风光的，有展现异域文化的。

知识小达人

凉州

唐代的凉州位于今天的甘肃省武威市，东晋十六国时期的前凉、后凉、北凉都曾在此建国，是古代中原与西域政治、经济交流的枢纽。

　　王之涣的这首《凉州词》一火就是一千多年，连清朝的慈禧太后都非常喜欢。据说，有一天，她命一位书法家将《凉州词》题到她的扇子上。书法家紧张得手都抖了。他哆哆嗦嗦地将扇子递给慈禧太后，没想到慈禧太后当场就怒了，因为他漏写了一个"间"字。书法家急中生智，当场断句为："黄河远上，白云一片，孤城万仞山。羌笛何须怨，杨柳春风，不度玉门关。"

黄河远上，白云一片，孤城万仞山。
羌笛何须怨，杨柳春风，不度玉门关。

哈哈哈，不错，
不错，赏！

慈禧太后听了，转怒为喜，胆战心惊的书法家可算是保住了性命。

凉州词作为一个流行的曲调，创作者自然不少，如诗人孟浩然、陆游、张籍等。但王翰所写的《凉州词》更为出名。这首诗里的葡萄、夜光杯、琵琶在当时都是西域特有的。

凉州词（其一）

葡萄美酒夜光杯，

欲饮琵琶马上催。

醉卧沙场君莫笑，

古来征战几人回？

知识小达人

夜光杯

"夜光杯"是一种用玉雕琢成的酒杯。这种酒杯薄如蝉翼，当杯中装满葡萄酒时，在月光下会产生波光粼粼的效果，因此得名"夜光杯"。

王翰也是千古奇才子。他家境富裕，养了很多名马，自家还有歌舞团，生活上堪比王侯。再加上他才华横溢，不仅会写诗，还能歌善舞，为人甚是高调。据说，他年轻时还是风度翩翩的美少年。当时的宰相张说看中了王翰的才华，推荐他做了驾部员外郎，这让他有机会接触西北前线的将士，了解他们的生活。

知识小达人

驾部员外郎

驾部是专门负责输送粮草、马匹等军需物资的部门。员外郎属于副职，一般由文职人员担任。

后来，张说被罢了丞相之位，王翰也跟着倒霉。王翰被一贬再贬，索性破罐子破摔，每天邀请文人墨客一起吃饭、打猎、唱歌、跳舞。王翰在多次被贬之后的经历，没有被历史记载，只知道他被贬到了湖南后就没了音信。

王翰是一位高产的诗人，著有文集十卷，但都没有流传下来。《全唐诗》仅收录了十四首王翰的诗，其中以《凉州词》最为著名。一代才子就这样淹没在了历史的长河中，再也寻不到踪影。

　　王昌龄、王之涣和王翰等诗人以戍边将士为写作对象，不是没有原因的。在我们的印象中，唐朝是盛世，是随便走到哪里都能看到人们脸上洋溢着幸福、自豪的朝代。而事实上，在唐朝存续的二百九十年中，对内对外的大小战争无数。有战争就有别离，有伤亡。战争爆发，农民要充当战士。战事结束，农民要回家种田。过着这样的生活，老百姓是很疲惫和痛苦的，老百姓和朝廷之间是有矛盾的。

知识小达人

府兵制

唐代前期实施府兵制，即将士兵和农民结合起来，这样就减轻了国家养兵的负担。和平时期，农民居家种田。战争时期，农民穿上盔甲奔赴战场。这种制度的缺点是军队组织速度慢，战斗力弱。如果征战时间长，还会影响朝廷的税收。

闻官军收河南河北

剑外忽传收蓟北，
初闻涕泪满衣裳。
却看妻子愁何在，
漫卷诗书喜欲狂。
白日放歌须纵酒，
青春作伴好还乡。
即从巴峡穿巫峡，
便下襄阳向洛阳。

于是，让唐朝伤筋动骨的战争——安史之乱爆发了。这场浩劫持续了八年之久。安史之乱后大半个中国处于荒凉中，一半以上的人处于无家可归的状态。763 年，这场战争终于要结束了，五十一岁的杜甫听到捷报传来，激动得潸然泪下。因为战争，他们一家背井离乡，四处逃难。战争要结束了，他终于可以返回故乡了。

哈哈，捷报！
是捷报！

示儿

死去元知万事空，
但悲不见九州同。
王师北定中原日，
家祭无忘告乃翁。

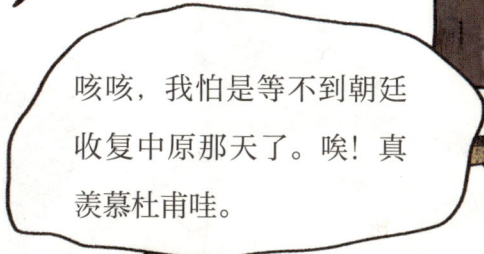

咳咳，我怕是等不到朝廷收复中原那天了。唉！真羡慕杜甫哇。

　　有生之年能够看到祖国统一、国家安定是爱国者的幸事。从这一角度说，杜甫是幸运的。但不是每位爱国诗人都如他一样。大诗人陆游就是抱憾终生的代表。1210 年，八十五岁高龄的陆游一病不起，他自觉时日不多，便写下绝笔诗《示儿》。

陆游出身于名门望族。高祖曾是进士，祖父是王安石的学生，父亲也是一位非常有修养的官员。陆游十二岁就能写诗作文，十分聪慧。二十八岁那年，陆游参加官员子弟的专场考试，取得了第一名的成绩。当时，秦桧的孙子秦埙（xūn）也参加了考试。自己的孙子没得第一，秦桧很生气，对陆游怀恨在心。因此直到秦桧死后，陆游才当了官。陆游的为官生涯起起伏伏。他直言进谏，主张抗金，受到了那些"主和派"的排挤。范成大在四川做官时，两人成了好朋友。陆游是"主和派"的眼中钉，他们逼着范成大将陆游辞掉。陆游一生起起落落，有时候受到重用，有时候又遭罢免。

1192 年的秋天，陆游已经六十八岁了。他在家乡山阴已经生活了几年。被罢官之后，老人依旧关注国事。他时常望着山河忧伤，不知朝廷什么时候能打败金兵，收复中原失地。初秋的一天清晨，天气闷热，陆老翁早早地醒来，走出了自己简陋的小院。室外比室内凉爽一些，他的头脑活跃了起来，于是将连日来的愁绪诉诸笔端，写下两首《秋夜将晓出篱门迎凉有感》。

秋夜将晓出篱门迎凉有感（其一）

迢迢天汉西南落，喔喔邻鸡一再鸣。

壮志病来消欲尽，出门搔首怆平生。

秋夜将晓出篱门迎凉有感（其二）

三万里河东入海，五千仞岳上摩天。

遗民泪尽胡尘里，南望王师又一年。

听说陆游回到了家乡山阴，不少文人志士来拜访他，辛弃疾便是这里的常客。辛弃疾多次提出要给陆游修缮房屋，都被老人家拒绝了。陆游常常劝说辛弃疾要做个好官，要为国家效力。

1206年，南宋下定决心出兵北伐，收复被金国侵占的土地，可战争还没持续多久就失败了。陆游听到消息后，忧愤成疾，一病不起。直到他去世，都没有看到祖国的统一。

从古至今，有无数诗人能文能武。他们热爱祖国，心系百姓，才华横溢，智慧超群。听他们的故事，读他们的诗词，总会让我们充满力量。请你想一想，他们成就了不朽的过去，那么谁来铸就明日的辉煌呢？

塞 下 曲①

［唐］卢纶

月 黑② 雁 飞 高 ， 单 于③ 夜 遁④ 逃 。
欲 将⑤ 轻 骑⑥ 逐⑦ ， 大 雪 满⑧ 弓 刀 。

注释
①塞下曲: 古时边塞的一种军歌。
②月黑: 没有月光。
③单于（chán yú）：匈奴的首领。这里泛指侵扰唐朝的游牧民族首领。
④遁: 逃走。
⑤将: 率领。
⑥轻骑: 轻装的骑兵。
⑦逐: 追赶。
⑧满: 沾满。

大意
在没有月光的暗夜里，一群大雁惊叫着高飞而起，入侵者的军队想要趁夜色潜逃。
将军率领轻骑兵一路追杀，顾不得弓箭和大刀上已经落满了雪花。

115

出 塞①

[唐] 王昌龄

秦 时 明 月 汉 时 关 ，

万 里 长 征 人 未 还 。

但 使② 龙 城 飞 将③ 在 ，

不 教④ 胡 马⑤ 度⑥ 阴 山⑦ 。

注释

①出塞：唐代诗人写有关边塞生活的诗歌时常用的题目。

②但使：只要。

③龙城飞将：汉朝名将李广。这里泛指英勇善战的将领。

④不教：不叫，不让。

⑤胡马：这里指侵扰中原的北方游牧民族骑兵。

⑥度：越过。

⑦阴山：山名，位于今内蒙古中部及河北北部。

大意

依旧是秦汉时的明月和边关，但远征万里的戍边将士却没有回还。

只要当年的李广将军还在，就绝不会让敌人的骑兵越过阴山。

从 军 行（其四）

[唐] 王昌龄

青海①长云②暗③雪山，

孤城遥望玉门关。

黄沙百战穿④金甲，

不破⑤楼兰终⑥不还。

注释

①青海：指青海湖。

②长云：层层浓云。

③暗：使……变暗。

④穿：磨穿。

⑤破：攻破，打败。

⑥终：到底，终归。

大意

青海湖的上空弥漫着层层浓云，连绵的雪山变得暗淡。荒漠中一座孤立的城池远隔千里，和玉门雄关遥遥相望。将士们征战沙场，身经百战，连铠甲都已被磨穿。他们发誓，一日不击败进犯之敌，就一日不回家。

闻王昌龄左迁龙标遥有此寄

〔唐〕李白

杨花①落尽子规②啼，

闻道龙标③过五溪④。

我寄愁心与⑤明月，

随君⑥直到夜郎⑦西。

注释

①杨花：柳絮。

②子规：即杜鹃鸟，相传其啼声哀婉凄切。

③龙标：诗中指王昌龄。古代常用官职或任官之地的州县名来称呼一个人。

④五溪：今湖南西部、贵州东部五条溪流的合称。

⑤与：给。

⑥随君：一作"随风"。

⑦夜郎：唐代夜郎有三处，两个在今贵州桐梓，本诗所说的"夜郎"在今湖南怀化境内。

大意

在杨花落尽、子规啼鸣的时候，我听说你路过五溪。我将忧愁的心思寄托给明月，希望能随风一同陪着你直到夜郎以西。

芙蓉楼送辛渐①（其一）

［唐］王昌龄

寒雨②连江③夜入吴，

平明④送客楚山⑤孤⑥。

洛阳亲友如相问，

一片冰心⑦在玉壶。

注释

①辛渐：诗人的一位朋友。

②寒雨：秋冬时节的冷雨。

③连江：雨水与江面连成一片，形容雨很大。

④平明：天刚亮。

⑤楚山：泛指长江中下游北岸的山。长江中下游北岸在古代属于楚地范围。

⑥孤：独自，孤单一人。

⑦冰心：像冰一样晶莹、纯洁的心。

大意

夜晚的吴地，寒冷的瓢泼大雨与江面连成一片，天亮的时候，我送别了好友，独自一人望着楚山的孤影。

如果洛阳的亲友问起我的近况，请你转告他们，我的心依然纯净似玉壶里的清冰。

119

凉 州 词

〔唐〕王翰

葡 萄 美 酒 夜 光 杯①，

欲② 饮 琵 琶③ 马 上 催 。

醉 卧 沙 场④ 君⑤ 莫 笑 ，

古 来 征 战⑥ 几 人 回 ？

注释

①夜光杯：用玉制成的酒杯，杯中装满美酒时会在月光下产生波光粼粼的效果。这里指华贵而精美的酒杯。

②欲：将要。

③琵琶：这里指作战时用来发出号角的声音的乐器。

④沙场：这里指战场。

⑤君：你。

⑥征战：打仗。

大意

葡萄酿制的美酒盛在精美的夜光杯之中，正要开怀畅饮却听见催人出战的号角声。若是我醉倒在了战场上你也不要笑话我呀，你看自古以来，出征打仗的男儿有几个能够活着回来？

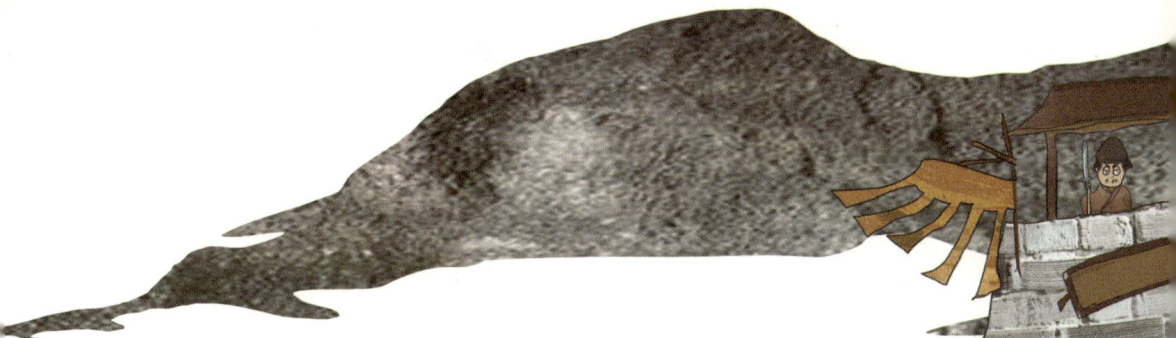

凉 州 词 （其一）

［唐］王之涣

黄 河 远 上 白 云 间，
一 片 孤 城 万 仞 山①。
羌 笛② 何 须③ 怨 杨 柳④，
春 风 不 度⑤ 玉 门 关 。

注释
①万仞山：形容山高。
②羌笛：羌族乐器。
③何须：何必。
④杨柳：指《折杨柳》一曲。
⑤度：吹过。

大意
黄河远远望去，好像直奔向九重云天，一座孤零零的城池独自矗立在崇山峻岭之间。
何必用羌笛吹起那哀怨的《折杨柳》怨叹春季不来，春风根本无法吹过这玉门关。

闻①官军②收河南河北

〔唐〕杜甫

剑外③忽传收蓟北④，

初闻涕⑤泪满衣裳。

却看⑥妻子⑦愁何在，

漫卷⑧诗书喜欲狂。

白日放歌⑨须⑩纵酒⑪，

青春⑫作伴⑬好还乡。

即从巴峡穿巫峡，

便⑭下襄阳向洛阳。

注释

①闻：听说。

②官军：指唐朝军队。

③剑外：剑门关以南，这里指四川。

④蓟北：泛指唐代蓟州北部地区，当时是叛军盘踞的地方。

⑤涕：眼泪。

⑥却看：回头看。

⑦妻子：妻子和孩子。

⑧漫卷（juǎn）：胡乱地卷起。这里指杜甫已经迫不及待要收拾行装返回家乡。

⑨放歌：放声高歌。

⑩须：应当。

⑪纵酒：开怀痛饮。

⑫青春：指明丽的春天的景色。

⑬作伴：与妻儿一同。

⑭便：就。

从剑门关外忽然传来官军收复蓟北的消息，我一听到就高兴得涕泪横流，泪水沾湿了衣裳。

回头看看妻子和孩子们，哪里还有忧愁的模样，我胡乱卷起诗书，高兴得快要发狂。

白日里我放声高歌，此时此刻应当开怀痛饮美酒，趁着这明丽春光与妻儿一同返回家乡。

立即从巴峡穿过巫峡，再穿过襄阳便是洛阳。

秋夜将晓^①出篱门迎凉有感（其二）

〔宋〕陆游

三 万 里^② 河^③ 东 入 海 ，

五 千 仞^④ 岳 上 摩 天^⑤ 。

遗 民^⑥ 泪 尽 胡 尘^⑦ 里 ，

南 望 王 师^⑧ 又 一 年 。

注释

①将晓：天将要亮。

②三万里：形容很长。里，长度单位。

③河：指黄河。

④五千仞（rèn）：形容很高。仞，古代长度单位。

⑤摩天：迫近高天，形容极高。

⑥遗民：指在金统治地区的原宋朝百姓。

⑦胡尘：指金统治地区的风沙，这里借指金政权。

⑧王师：指南宋朝廷的军队。

大意

三万里长的黄河奔腾向东流入大海，五千仞高的华山耸入云霄上达青天。

南宋遗民在金兵的铁蹄摧残下，眼泪都已流干，他们眺望南方，等待王师北伐，盼了一年又一年。

示儿①

[宋] 陆游

死去元知②万事空③，
但④悲不见九州⑤同⑥。
王师⑦北定中原⑧日，
家祭⑨无忘⑩告乃翁⑪。

注释

①示儿：写给儿子看。
②元知：原本知道。元，同"原"，本来。
③万事空：什么也没有了。
④但：只是。
⑤九州：这里代指宋代的中国。古代中国分为九州，所以常用九州指代中国。
⑥同：统一。
⑦王师：指南宋朝廷的军队。
⑧中原：指淮河以北被金人侵占的地区。
⑨家祭：祭祀家中先人。
⑩无忘：不要忘记。
⑪乃翁：你们的父亲，指陆游自己。

大意

我原本就知道，人死之后就什么都没有了，我只是悲痛没能亲眼看到祖国统一。
当大宋军队北进收复中原失地的那天，你们举行家祭时千万别忘了把这个好消息告诉你们的父亲。

姓名：杜牧

祖籍：京兆万年（今陕西西安）

生卒年：803—853

字号：字牧之，号樊川居士

代表作：《登乐游原》等

名句：夕阳无限好，

只是近黄昏。

杜枚

姓名：范成大

祖籍：苏州吴县（今江苏苏州）

生卒年：1126—1193

字号：字致能，一字幼元，早年号此山居士，晚号石湖居士

代表作：《四时田园杂兴》等

名句：昼出耘田夜绩麻，

村庄儿女各当家。

范成大

姓名：范仲淹
祖籍：邠州（今属陕西）
生卒年：989—1052
字号：字希文，谥号文正
代表作：《岳阳楼记》等
名句：先天下之忧而忧，
　　　后天下之乐而乐。

范仲淹

高适

姓名：高适
祖籍：渤海蓨（今河北景县）
生卒年：约700—765
字号：字达夫，一字仲武
代表作：《别董大》等
名句：莫愁前路无知己，
　　　天下谁人不识君。

图书在版编目（CIP）数据

藏在历史里的古诗词 . 2 / 刘鹤著；麦芽文化绘
. — 成都：四川教育出版社，2021. 6

ISBN 978-7-5408-7593-0

Ⅰ . ①藏… Ⅱ . ①刘… ②麦… Ⅲ . ①古典诗歌—中
国—中小学—课外读物 Ⅳ . ① G634.303

中国版本图书馆 CIP 数据核字 (2021) 第 115501 号

CANG ZAI LISHI LI DE GU SHICI 2

藏在历史里的古诗词 2

刘鹤◎著　麦芽文化◎绘

出 品 人	雷　华	
责任编辑	杨　波	
责任校对	保　玉	
封面设计	松　雪	
出版发行	四川教育出版社	
	地　　址　成都市黄荆路 13 号	
	邮政编码　610225	
	网　　址　www.chuanjiaoshe.com	
印　　刷	河北鹏润印刷有限公司	
版　　次	2021 年 6 月第 1 版	
印　　次	2021 年 6 月第 1 次印刷	
开　　本	710mm×1000mm　1/16	
印　　张	8	
书　　号	ISBN 978-7-5408-7593-0	
定　　价	128.00 元（全 4 册）	

如发现印装质量问题，请与本社联系调换。电话：(028) 86259381
营销电话：(028) 86259605　邮购电话：(028) 86259605　编辑部电话：(028) 85623358

藏在历史

刘 鹤 著

麦芽文化 绘

里的古诗词

3

四川教育出版社

前　言

十几年前填报高考志愿时，我在中文专业和历史专业之间犹豫了很久，毕竟向来"文史不分家"。最终，父亲以"读史使人明智"为由为我选定了历史方向，这也为我后来的工作和事业奠定了基础。

记得在学习古诗词时，我的脑海中常常跳出这样一些问题："南朝四百八十寺"，真的有四百八十座寺庙吗？为什么要建那么多寺庙呢？大诗人李白为什么要作诗赠予汪伦呢？戍守边关的将士们是不是对葡萄有所偏爱，否则怎会有"葡萄美酒夜光杯"的名句？在婉转的音律和顿挫的节奏中，这些问题变得越来越清晰，吸引我去寻找答案。而唯有走近诗（词）人，走进历史，才能找到答案。我相信，很多大朋友、小朋友和曾经的我有过同样的困惑，这本书也由此诞生。

爱诗词，爱诗（词）人，更爱那个璀璨的时代。让我们带着这份深

爱，一起走进历史，寻找藏在历史里的古诗词。中国古典诗词不仅是浓缩的汉语精华，充满节奏感、韵律感，散发着迷人的魅力，其深藏的诗（词）人命运、时代特质、社会发展更吸引着一代又一代人去探索。是的，我们传承的不仅仅是语言艺术，更是一种民族文化、民族精神。这套书，并不拘泥于单纯的诗词教学，而是带着孩子一起回到过去，回到历史当中，回到创作的场景当中，看诗（词）人所看，思诗（词）人所思，悲诗（词）人所悲，乐诗（词）人所乐。走近诗（词）人，了解他们，融入他们，进而去见证一首伟大作品的诞生，去感受一个时代的兴衰。这四本书以诗（词）人的生平和古诗词的创作背景为线索，再现古诗词背后的历史故事。我始终相信，被古诗词滋养的孩子，是被生活和命运垂青的幸运儿。他们不仅拥有表达美的技能、创造美的能力，而且拥有纵观千年的豁达胸襟和淡看浮沉的从容睿智。

　　如果你是学龄前的小朋友，请你用此书开启美妙的古诗词之旅。去吧，去看看那些有趣的人和有趣的事！

　　如果你是一名小学生，请你将此书立于案头。当你想学习古诗词时，翻开它，走进诗（词）人的生活和情感，感受时代给予他们的自由与束缚！

　　如果你是一位古诗词爱好者，请你将此书置于床头。在每一个晨昏，浸润于古诗词的美妙中，穿越于历史的浮沉间。

　　我相信，你们一定会爱上它！

刘鹤

2021 年 4 月 20 日

目 录

01. 我的大江大河

　　我国的河流、湖泊众多，这些河流、湖泊不仅是我国地理环境的重要组成部分，而且还蕴藏着丰富的自然资源。古往今来，依托河流和湖泊生存和发展的群落很多，河流与人类文明的起源也息息相关。正是因为大江大河有着如此特别的意义，所以无数诗人将大江大河写到诗中，或赞颂祖国，或表达愁绪。

　　浙江省境内有一段江水，一千多年前的一天，一位郁闷的诗人泛舟漫游到这里。他已经四十多岁了，仕途却依然不甚顺意，他这次出行是为了排遣心中的郁闷。天色渐晚，船夫将小船停在雾气笼罩的沙洲边。今晚，他们就要在这里歇脚了。诗人望着低垂的天幕和倒映在水中的月亮，不禁连连叹息，提笔写下《宿建德江》。

宿建德江

移舟泊烟渚，日暮客愁新。

野旷天低树，江清月近人。

　　船夫心想：一个山里的老头儿，怎么还文绉绉的。他不知道，这位"文绉绉的老头儿"正是唐代著名诗人孟浩然。

几十年后的一天傍晚，也有一位诗人夜观江景。不同的是，他心情愉快，因为他终于远离了那个"乌烟瘴气"的朝廷。他就是白居易。当时，五十岁左右的白居易主动向皇帝请求去杭州当刺史，因为他实在讨厌朝廷里的那些官员，整天斗来斗去。人们称朝廷里的这场斗争为"牛李党争"。

绝对不是牛和李子树打架那么简单！

知识小达人

牛李党争

牛李党争是唐朝后期以牛僧孺、李宗闵等为首的牛党和以李德裕、郑覃等为首的李党之间的斗争。两党矛盾的产生既有个人恩怨的原因，也有政治立场对立的因素。这场斗争加重了朝廷的内耗，不利于政治稳定和经济发展。

白居易带着家人，从京城长安前往杭州。他们先走陆路，再走水路，奔波了一个多月才到达杭州。一天傍晚，船在江中行驶，火红的夕阳倒映在江面，十分漂亮。白居易心情愉快，赋诗一首。

暮江吟

一道残阳铺水中，

半江瑟瑟半江红。

可怜九月初三夜，

露似真珠月似弓。

13

白居易在杭州担任刺史期间，见杭州有六口古井年久失修，便主持疏通了六井，解决了杭州老百姓的农业用水和生活用水问题。后来又看到西湖淤塞，农田干旱，他便修堤蓄水，帮助老百姓缓解旱灾所带来的危害。

白居易有一位好朋友叫元稹。有一次，元稹跟宦官打了起来，唐宪宗不分青红皂白就罢黜元稹，这让白居易很气愤。白居易上书跟皇帝理论起来，但他当然左右不了唐宪宗的旨意，还惹得唐宪宗对他多了一分不满。由此可见，白居易也是一位重情义的人。

晚年的白居易实践了其"穷则独善其身"的人生哲学，与甥侄一大家团聚一处，安享太平生活。白居易的一生有一憾事，就是因为门第不对等而没有跟邻居的女儿湘灵结婚。他为此写下了"愿作远方兽，步步比肩行。愿作深山木，枝枝连理生"的诗句。回顾白居易的一生，可以说是衣食无忧，只是仕途不顺罢了。

池上

小娃撑小艇，
偷采白莲回。
不解藏踪迹，
浮萍一道开。

江上渔者

江上往来人，
但爱鲈鱼美。
君看一叶舟，
出没风波里。

白居易的另一首诗《池上》也广为人知。这首诗生动地描写了一幅娃娃采莲图，尽显无忧无虑和现世安好之感。与白居易不同，忧国忧民的范仲淹在生活中捕捉到的则是渔民们劳作的艰辛。在《江上渔者》中，范仲淹表达了对劳动人民的同情。

范仲淹幼年时，父亲去世，母亲改嫁。他努力学习，二十六岁科举及第，当了官。母亲去世后，范仲淹辞官为母亲守丧。在那期间，他结识了晏殊。应晏殊之邀，范仲淹到官办学校当了一名老师。

三十九岁那年，范仲淹给皇帝宋仁宗写了一篇万字的《上执政书》，向皇帝提出了不少改革的意见。在宰相王曾等人的推举下，范仲淹被宋仁宗召入京城。但由于受不了章献太后对朝政指手画脚，不久后范仲淹又离开了京城。直到太后去世，范仲淹才再次进京。

小范老子到这里驻守了，我们还是撤吧！

　　范仲淹是为数不多的能文能武的诗人。1040 年至 1043 年间，他以军中文职的身份改革军事，调整战略部署，在西北边疆建立了坚固的防御体系，使当时的西夏不敢进犯。边境的老百姓们编出这样的歌谣："军中有一范，西贼闻之惊破胆！"西夏人称范仲淹为"小范老子"，认为"小范老子胸中有十万甲兵"。

范仲淹还是个远近闻名的热心肠。他深受百姓爱戴，很多人都在家里悬挂他的画像，把他像神一样供奉着。有一次，他跟朋友们在酒家喝酒，隔着窗户看到有一家人披麻戴孝地做棺材。一打听才知道这家的书生病故了，但家里人没钱买棺材，只得全家人一起做。范仲淹很难过，酒也不喝了，把身上所有的钱都送给了那户人家办丧事。

　　范仲淹还是治理国家的一把好手。1043 年，宋仁宗想提拔五十多岁的范仲淹当宰相，主持改革。范仲淹知道朝廷的问题不是一天两天形成的，因此改革也不可能一蹴而就。他担心自己难以胜任，两次推脱，最后实在是推辞不了才接下了差事。相反，皇帝对范仲淹却信心满满。在一次上朝的时候，满朝文武都站着，他唯独赐给范仲淹座位。范仲淹心想：皇帝这么看重自己，赴汤蹈火也在所不辞啦！

范仲淹上书《答手诏条陈十事》，在官员的选拔任用机制、农业生产事业的重视程度等方面提出改革。刚开始，达官显贵们都挺给面子，谁也没说什么。后来，由于改革影响到了许多官僚贵族的利益，引起了他们的不满，所以诽谤新政的言论越来越多。范仲淹一看这架势，便请求离开中央，到地方去。后来，富弼等其他几位改革的主要人物都被逐出京。一年后，改革彻底失败。历史上把这次改革称为"庆历新政"。

不以物喜，不以己悲，居庙堂之高则忧其民，处江湖之远则忧其君。

　　此后，范仲淹再也没回过京城。在人生的最后几年里，他兴办书院，四处讲学，著名的《岳阳楼记》就是在这个时候写成的。他自己买了千亩良田，成立范氏义庄，将田产经营的收入用于赡养家族中的贫困成员。范氏义庄持续运作了数百年，只要是居住在本乡的族人都可以从中受益，堪称奇迹。

知识小达人

范氏义庄

范氏义庄是我国史料记载的第一个非宗教性民间慈善组织。

江雪

千山鸟飞绝，

万径人踪灭。

孤舟蓑笠翁，

独钓寒江雪。

　　同样有一叶扁舟，一位比范仲淹早很多年的诗人笔下的江上世界则是幽静寒冷的。冰天雪地中，一翁、一船、一竿，独立于苍茫的天地间。这位孤傲的诗人就是柳宗元。

妈妈教我背诗！

　　柳宗元出身于唐代的名门贵族。当时河东郡有三大家族：柳氏、薛氏和裴氏，柳宗元就是柳氏家族的人，因此人们又称他为"柳河东"或者"河东先生"。

　　柳宗元祖上世代为官，他的曾祖父和祖父都做过县令，他的父亲还曾担任侍御史。柳宗元的母亲是范阳卢氏家族的人。范阳卢氏是汉朝至隋唐时期的名门望族，出了八位宰相，还有很多文学家、书画家等，被视为一流的门第。柳宗元从小受母亲的引导，对学习很有兴趣。

柳宗元二十一岁进士及第，二十六岁参加博学宏词科考试并中榜，不到三十岁就被任命为蓝田尉，真是年轻有为啊！805 年初，唐德宗驾崩后，唐顺宗即位，唐顺宗的两位老师王伾、王叔文得到重用，柳宗元由于与王叔文的政见一致，也得到了提拔。人生的前三十多年，柳宗元可谓顺风顺水。

知识小达人

官员品级

品级就是区分官员地位高低的等级。蓝田尉为正六品，是中等级别的官职。

谁曾想，唐顺宗当上皇帝不久就得了重病，被迫将皇位传给儿子李纯（唐宪宗）。正所谓"一朝天子一朝臣"，唐宪宗刚一上位就打击二王集团，柳宗元也跟着被贬到永州。

　　被贬之后的柳宗元在永州一待就是十年。那时他有空就去游山玩水，广交好友，放松心情。《柳河东集》的作品中有一大半都是柳宗元在永州创作的，永州真是柳宗元的"文学福地"呀！

此情此景，我要吟诗一首！

直到 815 年初，柳宗元才接到诏书，返回京城长安。谁知，他在二月抵达京城后，又在三月被贬到了柳州，因为朝廷里的大臣对他的敌意仍旧很大，不同意重新起用他。当时还有个小插曲，柳宗元的好朋友刘禹锡同时被贬到那时更偏远和落后的播州。柳宗元十分仗义，主动提出跟刘禹锡调换地点。不过后来在裴度的帮助下，刘禹锡被改调到了连州。

听说柳宗元到了柳州，长江以南的学子们不远千里去拜他为师。据说，经过柳宗元指点的学子都会成为名士。柳宗元简直成了柳州的一张名片，因此人们又称他为"柳柳州"。

　　柳宗元在柳州生活了四年后，唐宪宗大赦天下，再次召他回京。不过，诏书还没到，柳宗元就因病去世了。刘禹锡得知好朋友去世的消息后，十分悲伤，主动承担起整理柳宗元文稿的工作，编成了《柳河东集》。后人将柳宗元评选为"唐宋散文八大家"之一，认为他和韩愈是唐代古文运动的代表人物。柳州人民为纪念柳宗元，修建了柳侯祠。

宿建德江

[唐] 孟浩然

移舟^①泊^②烟渚^③，

日暮客^④愁^⑤新。

野^⑥旷^⑦天低树，

江清月近人。

注释

①移舟：划动小船。

②泊：停船靠岸。

③烟渚（zhǔ）：江中雾气笼罩的小沙洲。渚，水中的小块陆地。

④客：指作者自己。

⑤愁：因思念家乡而忧愁。

⑥野：原野。

⑦旷：空阔远大。

大意

把小船停靠在烟雾迷蒙的小沙洲旁，黄昏时分，因思念家乡我又添新愁。

旷野之上天际好像比树木还低，江水清澈，俯瞰月影，觉得明月和人更加亲近。

暮 江 吟

〔唐〕白居易

一道残阳①铺水中，

半江瑟瑟②半江红。

可怜③九月初三夜，

露似珍珠月似弓④。

注释

①残阳：夕阳。这里指晚霞。

②瑟瑟：此处指碧绿色。

③可怜：可爱。

④月似弓：农历九月初三，上弦月，其弯如弓。

大意

晚霞倒映在江面上，江水呈现出一半碧绿色一半红色。最可爱的是那九月初三的夜晚，露珠就像是一颗颗珍珠，月儿就像是一张弯弓。

池 上

[唐] 白居易

小 娃① 撑 小 艇②，
偷 采 白 莲③ 回 。
不 解④ 藏 踪 迹 ，
浮 萍⑤ 一 道 开 。

注释

①小娃：小孩儿。
②艇：船。
③白莲：白色的莲花。
④解：懂得，知道。
⑤浮萍：草本植物，椭圆形的叶子浮在水面，叶下面有须根。

大意

小孩儿撑着小船，偷偷地从池塘里采了白莲回来。
他不知道怎么掩藏踪迹，浮萍被船儿荡开，水面上留下了一条长长的水线。

江上渔者①

[宋] 范仲淹

江上往来人，
但②爱③鲈鱼④美。
君⑤看一叶舟⑥，
出没⑦风波⑧里。

注释

①渔者：捕鱼的人。

②但：单单，只是。

③爱：喜欢。

④鲈鱼：一种味道鲜美的鱼。

⑤君：你。

⑥一叶舟：一艘像漂浮在水上的树叶似的小船。

⑦出没：若隐若现。指一会儿看得见，一会儿看不见。

⑧风波：波浪。

大意

江上行人来来往往，只是喜爱味道鲜美的鲈鱼。
你看那一叶小小的渔船，在滔滔风浪里时隐时现。

江 雪

[唐] 柳宗元

千 山 鸟 飞 绝①，

万 径② 人 踪③ 灭 。

孤④ 舟 蓑 笠⑤ 翁 ，

独 钓 寒 江 雪 。

注释

①绝：无，没有。

②万径：虚指，指千万条路。

③人踪：人的踪迹。

④孤：孤零零。

⑤蓑笠（ suō lì ）：蓑衣和斗笠。蓑，用草或棕毛制成的、披在身上的防雨用具。笠，用竹或草编成的帽子，可以遮雨、遮阳光。

大意

千山万岭中都没有飞鸟的身影，千万条路上都不见行人的踪迹。

江面孤舟上有一位披蓑戴笠的渔翁，他在大雪覆盖的寒冷江面上独自垂钓。

02. 酬赠之作

　　我国古代的诗人们虽大多身无长物，但他们的思想和作品却是无价之宝。他们在逢年过节时会写诗热闹热闹，在同学聚会时会写诗比试比试，在亲友送别时也会写诗纪念纪念。这些诗或用来交往应酬，或用来赠予亲友同人，都是酬赠之作。

　　亲朋好友分别时写的诗多了，就形成了一类独立题材的诗歌，叫作送别诗。很多诗人都写过这类题材的诗，但要说在应试习作中因写送别诗脱颖而出的，就不得不提白居易了。他的《赋得古原草送别》流传千古。据说，这首诗是白居易十六岁那年准备的应试习作。按当时科举考试规定，凡指定、限定的诗题，题目前须加"赋得"二字。

关于白居易的《赋得古原草送别》，还有一个流传很广的故事。白居易初到长安时，听说京城有一位大官、诗人叫顾况，便带着手抄诗集专门去拜访他。顾况听说这个小伙子叫白居易，便开玩笑说："米价方贵，居亦弗易！"意思是说京城的饭很贵，想留下来不是那么容易的。

米价方贵，居亦弗易！

赋得古原草送别

离离原上草，一岁一枯荣。

野火烧不尽，春风吹又生。

远芳侵古道，晴翠接荒城。

又送王孙去，萋萋满别情。

　　顾况随意地打开诗集，开篇便是这首《赋得古原草送别》。他读到"野火烧不尽，春风吹又生"这句时，不禁大为赞叹："道得个语，居即易矣。"意思是能写这样的诗句，在京城待下去也很容易了。

对于诗人来说，赠送给心仪女子衣服、首饰等太过俗气，绝对比不上亲笔写一首诗奉上来得好。擅于为女性发声的诗人杜牧，更是喜欢为女子写诗。据说，杜牧长相帅气，喜欢一边喝酒，一边吟诗，迷倒了很多女性。

杜牧曾喜欢一个聪慧、漂亮的女生，她叫张好好。两人相识于南昌沈传师的府中。当时张好好年方十三，精通乐理，其歌声使满座倾倒。杜牧对她一见钟情。

张好好倾慕杜牧的才情，杜牧欣赏张好好的才貌双全。可是，还没等杜牧表白心意，沈传师的弟弟就将张好好纳为小妾了。

知识小达人

纳妾

中国古代存在纳妾制。纳妾指除妻子之外，男子再迎娶另外的女子为非正式妻子的行为。

杜牧心中十分苦闷，但也没办法。他
只能将一腔深情深埋于心，并通过写诗的
方式道出了离别时的真情实感。

赠别二首（其一）

娉娉袅袅十三余，豆蔻梢头二月初。

春风十里扬州路，卷上珠帘总不如。

后来，杜牧与张好好重逢，杜牧又写了一首以她的名字命名的《张好好诗》。据说，得知杜牧的死讯后，张好好悲痛欲绝，偷偷地跑到长安祭拜，并自尽于杜牧坟前。

如果你认为诗人写一首诗赠予谁，就一定表示尊敬或喜欢他，那你就错了。也有的赠诗是批评别人的，大诗人杜甫就曾写过这样的诗。

杜甫因战争逃亡到成都后，有一天，他的老朋友成都尹崔光远派人请他吃饭。崔光远的部下花敬定平定了叛乱，崔光远很高兴，要给他办一个热热闹闹的庆功宴。

知识小达人

尹

尹在唐代是府一级行政区划的长官。府在唐代是比县高一级的行政区划。

　　杜甫对花敬定早有耳闻。花敬定虽然骁勇善战，但人品不好，居高自傲不说，还抢夺老百姓的钱财。

　　有一次，花敬定走在路上，看到一位妇人手腕上戴着的一对金臂钏（chuàn）在阳光下金光闪闪。他走上前去拽住妇人的手腕就要抢夺。那个妇人用尽全身的力气保护着金臂钏。花敬定一气之下，让人砍断了妇人的手腕，取走了首饰。

知识小达人

金臂钏

金臂钏类似于我们今天的手镯。

　　杜甫与崔光远的交情不错，再加上平定叛乱的确是一件令人高兴的事，他就同意赴约了。酒宴上，花敬定命人演奏乐曲。杜甫一听，这不是只有天子才能听的乐曲吗？他在心里对花敬定十分不满，但又碍于情面，不好直接表露出来。

大家都知道杜甫是出了名的大诗人，于是希望他能赋诗一首为酒宴助兴。杜甫寻思了一会儿，说道："今天是为花将军摆庆功宴，所以我就献上一首《赠花卿》吧。"语罢，四下响起了雷鸣般的掌声。

知识小达人

卿

在我国古代，"卿"是夫妻或好友之间的一种表示亲爱的称呼。

表面上，杜甫是在赞乐曲，实际上，他是在批评花敬定不知天高地厚，连皇帝听的曲子都敢僭（jiàn）越演奏。他并没有对花敬定明言指责，而是采取了双关的手法（"天上"虚指天宫，实指皇宫）对他进行讽刺。

赠花卿

锦城丝管日纷纷，
半入江风半入云。
此曲只应天上有，
人间能得几回闻？

知识小达人

音乐礼仪

中国古代十分重视礼仪，连音乐也有着严格的礼仪制度。比如，不同级别的人应该演奏或欣赏不同级别的音乐，有一些音乐是只有皇帝才能欣赏的。

后来，花敬定在追捕叛军残部的路上被叛军斩杀。崔光远因花敬定等部下目无朝廷、抢夺百姓的罪行受到牵连。皇帝派监军调查崔光远的犯罪事实，还没等查清楚，崔光远就忧郁而死了。

花卿，我真是被你害死了！

这一章中，我们了解了《赋得古原草送别》《赠别二首（其一）》与《赠花卿》三首古诗的故事。你还知道哪些用于酬赠的古诗呢？

赋 得 古 原 草 送 别

［唐］白居易

离 离① 原 上 草 ， 一 岁② 一 枯③ 荣④ 。

野 火 烧 不 尽 ， 春 风 吹 又 生 。

远 芳⑤ 侵⑥ 古 道 ， 晴 翠⑦ 接 荒 城 。

又 送 王 孙⑧ 去 ， 萋 萋⑨ 满 别 情 。

<table>
<tr><td>

注释

</td><td>

①离离：青草茂盛的样子。

②一岁：一年。

③枯：枯萎。

④荣：茂盛。

⑤芳：野草的香气。

⑥侵：侵占，长满。

⑦晴翠：草原明丽翠绿。

⑧王孙：本指贵族后代，此指远方的友人。

⑨萋萋：形容草木长得茂盛的样子。

</td><td>

大意

</td><td>

草原上茂盛的野草，每一年枯萎后又会再次变得繁茂。这些小草生命力旺盛，野火也烧不尽它们，到了第二年春天，春风一吹它们就又生机勃发了。

古老的驿道上长满了野草，香气远播，阳光下的草原满目翠绿，连接着远处的荒城。我又要送别即将远游的好友，望着茂盛的草原，我心中充满了离愁别绪。

</td></tr>
</table>

赠别二首（其一）

[唐]杜牧

娉娉①袅袅②十三余，
豆蔻梢头二月初。
春风十里扬州路，
卷上珠帘总不如。

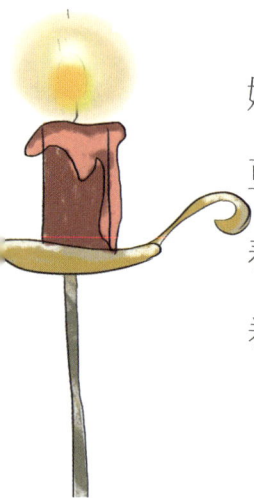

注释　①娉（pīng）娉：形容女性姿态美丽。
②袅（niǎo）袅：形容女子体态轻盈、柔美。

大意　十三四岁的少女姿态袅娜，就像二月里初现枝头的豆蔻花。十里扬州路的春风骀荡，珠帘翠幕中有多少佳丽都不如这美丽的少女动人。

赠 花 卿

［唐］杜甫

锦城①丝管②日纷纷③，
半入江风半入云。
此曲只应天上④有，
人间能得几回闻⑤？

注释

①锦城：锦官城，此指成都。
②丝管：弦乐器和管乐器，这里泛指音乐。
③纷纷：形容乐曲的轻柔悠扬。
④天上：双关语，虚指天宫，实指皇宫。
⑤几回闻：听到几回。

大意

锦官城里每日乐声轻柔悠扬，一半随着江风飘去，一半飘入了云端。
这样的乐曲只应该天上有，人世间芸芸众生能听见几回呢？

03. 那些花儿别样红

我们都知道一年有春、夏、秋、冬四个季节。作文课上，老师也常常会以季节命题。每到这个时候，准会有几个同学痛苦地趴在桌子上，当然也会有几个同学立刻开始奋笔疾书。

今天介绍的这位诗人擅长描写四季，他曾文思泉涌，写了六十首描写四季田园生活的诗。当然了，一位诗人会写诗不足为奇，可是如果他还会当官，并且无数次辞官都被皇帝阻拦，那就让人好奇了。这位诗人就是范成大。现在，我们就来聊聊他的故事。

范成大出生于才子辈出的江南。据说，他自幼聪明，十二岁时就读遍了经史子集，十四岁就会写诗。在我国历史上的文人中，他可能不是最聪明的，但绝对是属于相当用功的。十八岁那年，范成大在禅寺读书，并且一读就是十年。

十年之后，范成大终于学成出山。他想：得参加科举考试检查一下我的学习成果呀！于是，他报名参加了当年的科举考试，结果一举考中进士。

范成大以徽州司户参军之职开始了自己的为官之路。此后，他先后在太平惠民和剂局、枢密院、国史院等国家机关工作。当然了，这些成绩都离不开他个人的努力！

知识小达人

司户参军

在宋朝，这是一个在州署中主管户籍、赋税等事的官职。

知识小达人

义役制度

义役是南宋应役户互助的一种方式，以一乡或一都为单位，根据役户多少和贫富情况出资买一块土地，大家轮流去田里干活，收成上缴国家。在范成大的倡议下，这种制度推广到了全国。

四十岁时，范成大当上了尚书吏部员外郎。不过还没等板凳坐热，他就因被人诬陷越级办事、不守章程而被罢职。好在一年多后，这件事情被调查清楚了，他被重新启用，出任处州知州。在这里，他显示出了卓越的管理才能，为处州创设了义役制度。

范成大生活的时代是南宋。那时朝廷积贫积弱，外部更有金国这样的强敌虎视眈眈。

南宋的官员分成主战和主和两派。在范成大的同事中，老将张浚主张攻打金国，最终却战败了。这时候，宋孝宗后悔不已，坚决不打了，还下罪己诏，罢黜张浚，要跟金国求和。在金军的胁迫下，宋金双方签订了一份《隆兴和议》，两国成为叔侄之国。

签订仪式的那天，可能是宋人太紧张，忘了执行受书礼，这让宋孝宗觉得很没面子。皇帝想派人去执行受书礼，但几位大臣都不敢去。勇敢的范成大临危受命，去了金国。到达金国后，他要求金世宗完颜雍接收国书，结果差点被杀。后来，他把这次去金国的经历写成了日记《揽辔录》。

知识小达人

受书礼

受书礼是交换国书的礼仪，对双方的称呼、交换国书时的姿势等都有要求。受书礼属于外交礼仪，能够表现出两国的关系和地位。

　　回国后的范成大职务多次变动。他曾到四川任职。那时候四川被称为"巴蜀地区"。他招募人才，用其所长，不拘于小节，还把优秀的人推荐给皇帝，让朝廷封给他们官职。闲暇时他以文会友，在那里交了不少好朋友。

范成大自幼体弱多病，加上工作繁忙，刚年过半百就积劳成疾，卧病在床好几个月。他向宋孝宗请求奉祠，离开了他任职的成都。这可以算是范成大第一次请辞。谁知，没过几个月，宋孝宗就命他返回临安，借此机会任命他为礼部尚书。

知识小达人

奉祠

奉祠是宋朝时的官职。那时候，如果五品以上的官员不能任事，或年老退休，皇帝可以赐予他这一职位，让其享受俸禄且不承担繁重的工作。

范成大第一次辞职没有成功，只得继续上班。此后的几年里，范成大工作勤勤恳恳，做出了不少成绩，比如在灾荒年头建议朝廷开仓赈济饥民，下令在管辖的区域内捕捉蝗虫等。朝廷也多次奖励他。因为有风眩的毛病，范成大五次向皇帝请求致仕。最终，他被任命为资政殿学士，并提举洞霄宫。

石湖

知识小达人

致仕

致仕就是辞去官职的意思。我国古代的退休制度是随着朝代更替而变化的。宋朝给退休官员的待遇十分优厚。

知识小达人

洞霄宫

洞霄宫位于浙江省杭州市余杭区西南，唐代以前是帝王祭祀的场所。宋代朝廷常让退位的宰辅大臣提举洞霄宫。

四时田园杂兴（其二十五）

梅子金黄杏子肥，

麦花雪白菜花稀。

日长篱落无人过，

惟有蜻蜓蛱蝶飞。

范成大发现，哪里都不如家乡好，于是下定了回家乡养老的决心。他的家乡有一个叫作"石湖"的地方。那里环境优美，古树参天。于是，他不惜重金买下了一大片地，用一年半的时间盖了一套像模像样的别墅。

退休后，范成大在石湖优渥、安静地生活了将近十年，写下了名作《四时田园杂兴》。范成大六十七岁时已经疾病缠身，他整理完自己的诗文集后，不久便与世长辞了。

范成大是一位成功的政治家。他在广西、浙江、江苏等地都做过地方官，每到一处都政绩突出，为改善百姓生活、促进农业生产、安定社会秩序起到了积极作用。同时，他也是一位出色的文学家，尤以使金纪行诗和田园诗著名，留下了诗文集《石湖大全集》。他与杨万里、陆游、尤袤合称南宋"中兴四大诗人"，又称"南宋四大家"。范成大还是一位书法家，他的字清新俊逸，受他的母亲蔡夫人影响很大。

知识小达人

蔡夫人

蔡夫人是北宋名臣、书法家、文学家蔡襄的后代。蔡襄与北宋时期的三位书法家苏轼、黄庭坚、米芾合称"宋四家"，是宋代书法最高成就的代表。

南宋还有一位文人，年龄比范成大小四岁，与范成大一样为官清正有为。他就是南宋时期著名的理学家、思想家、哲学家、教育家、诗人朱熹。他编著的《四书章句集注》至今都是我们学习国学和了解古典文化的重要资料。

知识小达人

理学

这里的理学指宋明儒家哲学思想，多以阐释义理、兼谈性命为主。

63

　　朱熹特别注重教育，做官的时候每到一处任职，就兴建学校，置办学田。不做官的时候，干脆自己开书院，当老师。总之，在他的心里，让孩子们上学是很重要的事。

　　朱熹在南康军任职的时候，重新修建了白鹿洞书院，并亲自讲学。学习得有学习的规矩，于是他亲自拟定了《白鹿洞书院揭示》。他给皇帝写信，请求皇帝赐额及御书，这让白鹿洞书院名声大振。此外，朱熹还曾拜访主管岳麓书院教事的张栻，举行了历史上有名的"朱张会讲"。

知识小达人

白鹿洞书院

白鹿洞书院是中国的四大书院之一，位于江西省九江市庐山五老峰东南。朱熹所撰《白鹿洞书院揭示》对书院影响极大，被奉为办学纲领。

朱熹不仅给孩子们上课，也给皇帝宋宁宗上课。宋宁宗赵扩能当上皇帝，有两个人功不可没：赵汝愚和韩侂胄（tuō zhòu）。起初，他俩还能互相合作，但时间长了，一山容不下二虎，他俩便明争暗斗起来。赵汝愚推荐朱熹当宋宁宗的老师，韩侂胄为了打击赵汝愚，便从打击朱熹下手。

当时，朱熹刚给宋宁宗当老师，并不清楚皇帝的脾气。他只顾反复强调"格物、致知、诚意、正心、修身、齐家、治国、平天下"，劝宋宁宗千万不要让大臣韩侂胄独断专行。韩侂胄正愁找不到把柄呢，一听说这件事，就煽动宋宁宗将赵汝愚降职，还将理学定为"伪学"，禁止朱熹和他的学生当官，甚至还拟了一个"逆党名单"。

　　宋宁宗宣布朱熹所研究的理学是"伪学"之后，朱熹依然一边讲学，一边写作。他写了《观书有感》，告诉我们书看得越多，解决问题的能力就越强；做事要把握时机，在时机成熟时做事会事半功倍。

观书有感（其一）

半亩方塘一鉴开，

天光云影共徘徊。

问渠那得清如许？

为有源头活水来。

观书有感（其二）

昨夜江边春水生，

艨艟巨舰一毛轻。

向来枉费推移力，

此日中流自在行。

1200 年的春天，朱熹的足疾发作。此时的朱熹左眼已瞎，右眼也几乎完全失明，生命垂危。可即便如此，他依然每天著书立说，希望自己的思想能够传承下去。不久，朱熹去世。死后，皇帝赐他谥号"文"，世称"朱文公"。

朱熹离世的消息传到了他的学生和拥戴者耳中，他们决定十一月在信州集会吊唁朱熹。尽管官府一再阻挠，当时参加者仍有千人之多，可见朱熹的思想对南宋社会的影响。

朱熹在学生们的心中是伟大的存在。而在朱熹的心里，也有一位伟大的圣人——孔子。《春日》中，朱熹将圣人之道比作催发生机的春风，寓理趣于形象之中。

春日

胜日寻芳泗水滨，

无边光景一时新。

等闲识得东风面，

万紫千红总是春。

知识小达人

洙泗

春秋时期，洙水和泗水流经鲁国都城曲阜，孔子就在这两条河流之间的区域讲学，因此后人以洙泗代指鲁国的文化和孔子的"教泽"。

泗水

邵雍

张载

为天地立心，为生民立命，
为往圣继绝学，为万世开太平。

出淤泥而不染，
濯清涟而不妖。

周敦颐

程颢

程颐

程朱理学

朱熹

事实上，北宋时期也有五位著名的理学家，他们被称为"北宋五子"，这五位可都是有故事的人。张载"为天地立心，为生民立命，为往圣继绝学，为万世开太平"的名言被称作"横渠四句"，历代传颂不衰。周敦颐《爱莲说》中的"出淤泥而不染，濯清涟而不妖"所展现的高洁品格世代流传。程颢、程颐两兄弟被称为"二程"，他们的学说后来被朱熹所继承和发展，世称"程朱理学"。而邵雍就更让人敬佩了，他多次拒绝皇帝投出的橄榄枝，一生没有入朝为官，以教书为生。

邵雍以才学和德行著称，受到了宰相司马光和富弼等人的敬重。邵雍五十多岁的时候，几个朋友一起筹钱给他在洛阳盖了一座带菜园的房子，他称之为"安乐窝"。此后，他就过起了自给自足的生活。

邵雍性情温和，无论是谁向他求教，他都有问必答。而且他总是夸赞别人，从不贬损别人，更不在背后议论别人。菜园里没什么活儿的时候，他就让一个仆人拉着小车出游。传说当时洛阳城里的人都认识他，甚至能分辨出他的车轮声。一次他又出去旅游了，还留下了一首诗：

山村咏怀

一去二三里，烟村四五家。

亭台六七座，八九十枝花。

有时，邵雍会在热情的乡邻家住一晚，早晨天还没亮就留下书信离开了。因此，有人仿造"安乐窝"的样式建了房子，等候邵雍的光临，还取名叫"行窝"。文人雅士或达官贵人到洛阳必定拜访他，不为别的，只为向他讨教学问，甚至只是和他聊聊天。他病危时，司马光、张载、程颢、程颐等人轮流在床前照顾他。死后，皇帝赐他谥号"康节"。

　　邵雍是不愿意做官，还有一些人是因为无法通过考试而做不了官，一位叫翁卷的诗人就是如此。不同于大多数古代文人，他只参加了一次科举考试，没考上后就隐居山林，再也不考了。虽然没做过官，但这并不影响他在文学史上的地位。常年的乡村生活，让他的诗更具有烟火气息。

乡村四月

绿遍山原白满川，子规声里雨如烟。

乡村四月闲人少，才了蚕桑又插田。

　　还有一位诗人跟翁卷一样，没考中进士，常年隐居在山里，人们都亲切地称呼他为"孟山人"，他就是大名鼎鼎的诗人孟浩然。

　　孟浩然出生于一个还算富裕的书香之家，从小便一边读书一边习武。三十九岁的孟浩然第一次参加科举考试，但没有及第。不过他无意中结识了比他小十二岁的王维，两人成为了好朋友，这算是个意外收获。没考中的孟浩然仍然留在长安，每天写诗献赋，希望能引起王侯将相的关注。

岁暮归南山

北阙休上书，南山归敝庐。

不才明主弃，多病故人疏。

白发催年老，青阳逼岁除。

永怀愁不寐，松月夜窗虚。

那我就来一首《岁暮归南山》！

听说你的诗写得不错，吟诵一首来听听？

孟浩然和宰相张说（yuè）交谊甚笃。传说有一次，张说请孟浩然到府中聊天，正说着话呢，有仆人禀告说唐玄宗驾到，孟浩然吓得躲到了床底下。张说哪敢欺瞒皇帝呀，就如实向皇帝禀明了情况。皇帝让孟浩然出来作首诗听听，孟浩然自诵其诗，说到"不才明主弃"时，皇帝立刻就不高兴了："我什么时候抛弃你了？是你自己不求官，怎么能赖我呢？"于是，放他回老家襄阳了。

回到家乡的孟浩然在鹿门山过上了隐居的生活。鹿门山被后人称为"圣山"，因为这座山风景秀丽，非常安静，曾有不少名人在此山隐居，比如东汉末年的名士庞德公（这位是徐庶和诸葛亮敬重的人）。一个春天的早晨，孟浩然被鸟鸣声吵醒。他打开窗户，呼吸着雨后的清新空气，看到了窗外满地的落花残叶，不禁有感而发，立刻下床写下千古名诗《春晓》：

春晓

春眠不觉晓，

处处闻啼鸟。

夜来风雨声，

花落知多少。

此后，孟浩然开始游玩于江南的名山大川。过了几年，他又想起了当官的事，认为还是得去长安谋个一官半职，结果这次又没成功。又过了几年，张九龄任荆州长史，将年近五十岁的孟浩然招至幕府。没过多久，可能是因为觉得自己年纪大了力不从心，孟浩然就辞职回乡了。

回到襄阳后，他整日游山玩水，过得倒也快活。但好景不长，第二年他患了背疽，卧病不起。孟浩然积极配合治疗，一年多后，已经好得差不多了。这时候，他遇到了王昌龄。

王昌龄比孟浩然小九岁，当时四十岁出头，仕途遇挫，被贬到岭南地区做小官。一年后王昌龄遇赦，被皇帝召回朝廷。返程的路上，他一路走一路拜访朋友。路过襄阳时，就去拜访了孟浩然。

那时候孟浩然大病初愈，看到王昌龄十分高兴，特设海鲜大宴款待他。孟浩然该吃吃，该喝喝，完全没顾及自己的身体。第二天，王昌龄走时，孟浩然却无法起来相送了。没过几天，孟浩然便去世了。据说是那些海鲜刺激了他的毒疮，使其复发。一代大诗人，因为"纵情宴饮"丧命，真是可惜呀！

四 时 田 园 杂 兴^①（其二十五）

［宋］范成大

梅 子 金 黄 杏 子 肥 ，

麦 花 雪 白 菜 花 稀 。

日 长 篱 落^② 无 人 过 ，

惟 有 蜻 蜓 蛱 蝶 飞 。

<table>
<tr><td>注
释</td><td>①杂兴：随兴而写
的诗。
②篱落：篱笆。</td><td>大
意</td><td>初夏时节，梅子变得金黄，杏子
也越长越饱满，麦穗扬着白花，
油菜花差不多落尽。
夏天白日长，大家都在田间忙碌，
篱笆边无人过往，只有蜻蜓和蝴
蝶围着篱笆款款飞舞。</td></tr>
</table>

观 书 有 感 （其一）

［宋］朱熹

半 亩 方 塘 一 鉴^① 开 ，

天 光 云 影 共 徘 徊^② 。

问 渠^③ 那 得 清 如 许^④ ？

为 有 源 头 活 水 来 。

注释	①鉴：古代用来盛水或冰的青铜大盆。也有学者认为是镜子。 ②徘徊：来回移动。 ③渠：方塘。 ④清如许：这样清澈。如许，这样，如此。	大意	方形的半亩大的池塘像一面镜子一样打开，天光和云影在水面上闪耀浮动。 要问池塘里的水为什么这么清澈，是因为有源头在为它源源不断地输送活水。

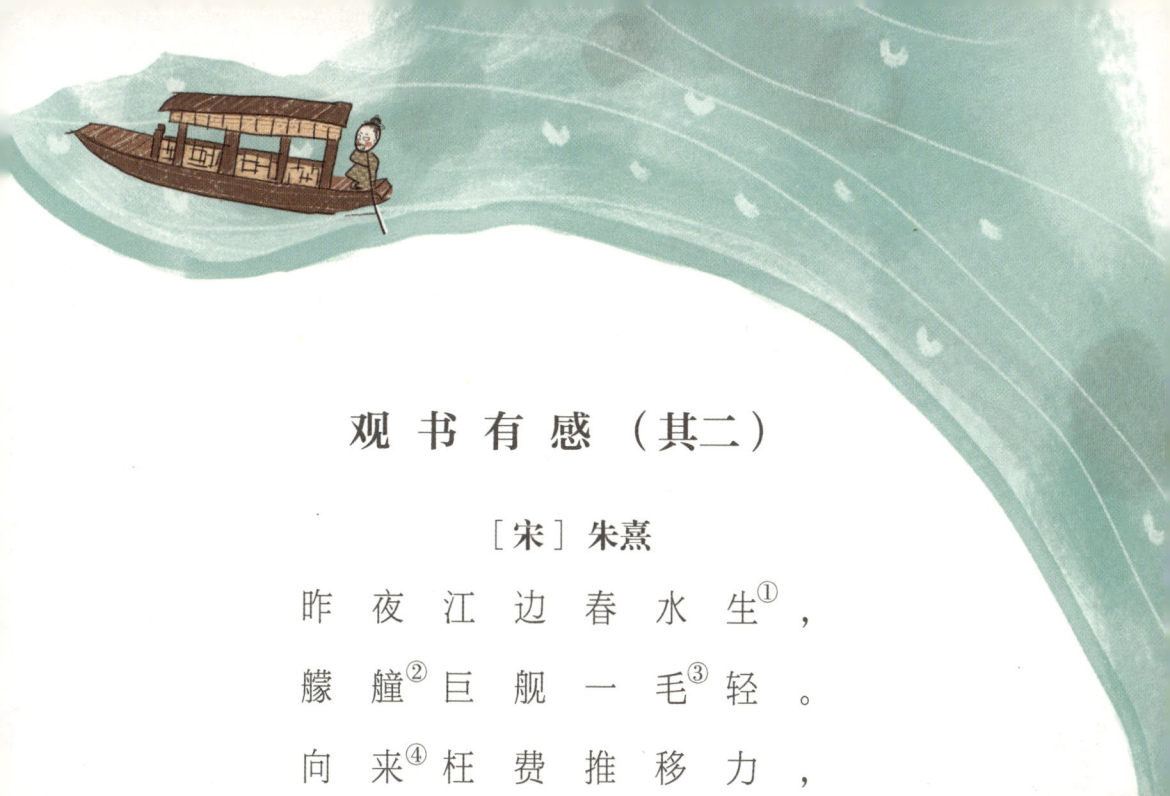

观 书 有 感（其二）

［宋］朱熹

昨 夜 江 边 春 水 生①，

艨 艟②巨 舰 一 毛③轻 。

向 来④枉 费 推 移 力 ，

此 日 中 流⑤自 在 行 。

注释

①春水生：春天的水涨起来。

②艨艟（méng chōng）：一作"蒙冲"。古代的巨型战船。

③一毛：一片羽毛。

④向来：从前，原先。

⑤中流：水流的中央。

大意

昨夜江中春水猛涨，使大船变得像一片羽毛般轻盈。从前水浅时花费了多少力气也无法移动这大船，今天它却能在江水中央自在地航行了。

春 日

[宋] 朱熹

胜日^①寻芳^②泗水^③滨^④，

无边光景^⑤一时新。

等闲^⑥识得^⑦东风^⑧面，

万紫千红总是春。

注释

①胜日：原指节日或亲朋相聚之日，此处指晴日。

②寻芳：寻觅美好的春景。

③泗水：河名，流经山东。

④滨：水边，河边。

⑤光景：风光景物。

⑥等闲：寻常，随便，此处指很容易。

⑦识得：认识到，感觉到。

⑧东风：春风。

大意

天气晴朗的日子里，我到泗水河边寻觅春景，广阔天地中的风光景物都已焕然一新。很容易就能感觉到春风的气息，一路上万紫千红，到处都是春的光影。

山 村 咏 怀

［宋］邵雍

一 去① 二 三 里 ，
烟 村② 四 五 家 。
亭 台③ 六 七 座 ，
八 九 十 枝 花 。

| 注释 | ①去：指距离。
②烟村：被烟雾笼罩的村庄。
③亭台：泛指供人们游赏、休息的建筑物。 | 大意 | 一眼望去有二三里远，轻雾笼罩着四五户人家。
路边亭台楼阁有六七座，还有许多鲜花在绽放。 |

乡 村 四 月

[宋] 翁卷

绿 遍 山 原① 白 满 川 ，
子 规② 声 里 雨 如 烟 。
乡 村 四 月 闲 人 少 ，
才 了③ 蚕 桑④ 又 插 田⑤ 。

注释

①山原：山陵和原野。
②子规：杜鹃鸟的别名。
③才了：刚刚结束。
④蚕桑：种桑养蚕。
⑤插田：插秧。

大意

放眼望去，山陵和原野全是绿油油的，稻田里的水色和天色交相辉映，泛着清亮的白光。在杜鹃鸟的啼鸣声中，细雨如烟雾般迷蒙，洒满繁忙的乡村。四月正是乡村农忙的时候，很少见到闲人，农民们刚忙完种桑养蚕的事，就又要开始种田插秧了。

春 晓①

［唐］孟浩然

春 眠 不 觉② 晓 ，
处 处 闻 啼 鸟③ 。
夜 来 风 雨 声 ，
花 落 知 多 少④ 。

注释

①春晓：春天的早晨。晓，天刚亮的时候。

②不觉：不知不觉。

③啼鸟：鸟的啼叫声。

④知多少：不知有多少。

大意

春日里贪睡，不知不觉天已破晓，到处都能听到小鸟叫。昨天夜里风声雨声一直不断，娇美的花儿不知被吹落了多少。

04. 故乡啊故乡

什么是故乡？故乡就是我们成长的地方。我们对故乡很熟悉，故乡人对我们也很熟悉，就像我们的老朋友一样。无论什么时候回到故乡，我们都会感到十分亲切。从古至今，无数年轻人为了求学、生活或其他原因，不得不离开故乡。他们想念故乡，想念那里的亲人，常常会把这些情感写在诗中，这就是思乡诗。

知识小达人

古诗的分类

根据古诗的内容，可以分为思乡诗、赠别诗、边塞诗、田园诗、咏史怀古诗、咏物诗等。

有时候，故乡是母亲亲手缝补的衣服。

现在，我们可能直到上大学才会离开故乡。而在古代，因为教育资源非常稀缺，有一些生活在小城的学生不得不提早离乡求学。离别前，父母总要忙活一阵。那时候交通不便，不知道孩子多久才能回来一次，所以要多做准备。比如母亲会连续多日在油灯前给孩子做衣裳，为孩子收拾行李。孟郊的母亲就是如此。孟郊小时候家庭穷困，但母亲很支持他求学。多年后，当了小官的孟郊每每想起那段时光，都十分感激他的母亲。

　　孟郊生于 751 年，此时正值大唐盛世的尾声。安史之乱爆发时，孟郊只有四岁。他胆怯、敏感，唯一能让他心安的就是自己的母亲。

　　尽管生活很苦，但母亲依然倾尽全力让孟郊读书。后来，孟郊挥别家乡，踏上了求学之路。在路上，看到乱世民不聊生的悲惨状况，他痛心疾首。孟郊在今天的江西遇到了茶圣陆羽，两人成为忘年交。他还结识了韦应物等朋友。在求学的路上，孟郊逐渐变得小有名气。

　　792 年，孟郊与韩愈共同参加科举考试，年轻的韩愈榜上有名，而中年大叔孟郊却名落孙山，为此孟郊十分难过。逐渐发达的韩愈在大小场合都推荐孟郊，使孟郊很快名声大振。在朋友的鼓励下，第二年，孟郊又前往京城应试，可惜又失败了。这回，他真是心灰意冷。

落第（节选）

晓月难为光，愁人难为肠。

谁言春物荣，独见叶上霜。

再下第

一夕九起嗟，梦短不到家。

两度长安陌，空将泪见花。

回到家后，孟郊自暴自弃，茶饭不思，而年迈的母亲一直鼓励他。几年后，孟郊奉母之命再次进京赶考。这一次，他终于榜上有名。放榜当天，四十多岁的孟郊乐得合不拢嘴，恨不得告诉全世界他中榜了。孟郊五十岁时，朝廷终于有了一个溧阳县尉的职位空缺，等了四年的孟郊终于当了一个非常基层的小官。但对孟郊来说，日子总算安定下来了。

登科后

昔日龌龊不足夸，今朝放荡思无涯。

春风得意马蹄疾，一日看尽长安花。

游子吟

慈母手中线，游子身上衣。

临行密密缝，意恐迟迟归。

谁言寸草心，报得三春晖。

当官的新鲜劲过了后，孟郊开始觉得不对劲，他一个文人做这个武官实在是闹心。于是他常常游山玩水，耽误了很多工作。他的上级勃然大怒，以他工作不称职为由，拿走他工资的一半，雇佣别人替他工作。虽然愈发贫困，但孟郊始终不忘故乡的母亲，于是便回乡将母亲接来同住。马上就要跟母亲团聚了，孟郊辗转反侧睡不着，天刚亮时就在激动中写下了《游子吟》。几年后，孟郊去洛阳当官，他的生活条件终于得到了改善。可没过多久，孟郊的孩子相继夭折，挚爱的母亲也去世了，他悲痛欲绝。

最终，孟郊在应郑余庆之邀赴任兴元军参谋的途中暴毙而死。幼年丧父，中年丧妻，晚年丧母、子的孟郊孤苦伶仃，亲朋好友一起将他安葬在洛阳。

知识小达人

诗风

苏轼在《祭柳子玉文》中写道："元轻白俗，郊寒岛瘦。"意思是说元稹的诗风轻佻，白居易的诗风通俗，孟郊和贾岛的诗风凄苦哀凉。孟郊的诗大多数写世态炎凉、民间苦难，故他有"诗囚"之称。

有时候，故乡是一弯明月。

古代的诗人中，不乏一些热爱旅游的"驴友"，而李白就是非常资深的一位。724年，李白已经游遍了家乡附近的山水，决定离开家乡踏上远游的征途。离家两年后，李白游览到了扬州。九月十五日晚，李白站在旅馆的院中，望着天空中的一轮皓月，思乡之情油然而生，写下了传诵古今的《静夜思》。

静夜思

床前明月光，疑是地上霜。

举头望明月，低头思故乡。

有时候，故乡是草长莺飞的二月天。

清朝末年，社会动荡不安，都说那是一段十分黑暗的时期。此时，杭州出现了一位小有名气的诗人，他过着闲云野鹤般的生活，不屑于为清政府服务，他就是高鼎。一天下午，他在散步时看到放学的孩子们在放风筝，诗兴大发，写了一首清新的小诗。

村居

草长莺飞二月天，拂堤杨柳醉春烟。

儿童散学归来早，忙趁东风放纸鸢。

知识小达人

纸鸢

纸鸢就是风筝，是春秋时期的劳动人民发明的，最初为木制，后经鲁班改造为竹制，东汉以后演变为纸风筝。

有时候，故乡是许久未讲的家乡话。

中国人都有故乡情，"落叶归根""荣归故里"就是这个意思。中国古代的官员辞职后，回故乡养老的比比皆是。这不，有一位须发斑白的老者回到了阔别五十多年的家乡。他叫贺知章。

知识小达人

贺知章

贺知章是唐朝著名诗人，与张若虚、张旭、包融合称"吴中四士"，与李白、李适之等合称"饮中八仙"，与陈子昂、卢藏用等合称"仙宗十友"。

在村口，贺知章遇到了两个在玩耍的小孩儿。古时候人口流动不大，村子里的人对彼此都很熟悉。两个孩子见有陌生人来，笑着问："老人家从哪里来呀？"贺知章用家乡话对孩子说："我就是这里的人哪！"孩子怀疑地看着他。贺知章的《回乡偶书》里记录了这件事。

回乡偶书（其一）

少小离家老大回，乡音无改鬓毛衰。

儿童相见不相识，笑问客从何处来。

回乡偶书（其二）

离别家乡岁月多，近来人事半消磨。

惟有门前镜湖水，春风不改旧时波。

　　贺知章已经八十多岁了，可唐玄宗还舍不得让他离开。要不是因为生了一场大病，贺知章绝没有这次返乡的机会。痊愈后贺知章多次请辞，唐玄宗只能无奈地答应了。贺知章临行前，唐玄宗在长乐坡大摆宴席，让文武百官都来给贺知章送行，还亲自写了两首赠别诗。送行的场面壮阔而感伤，贺知章不停地向百官挥手作别，但大家谁都不走，送了一程又一程，一直送出了五十里地。"玄宗送行"也成了历史上的一段佳话。

古往今来，做高官的诗人不少，但获此殊荣的不多，这得益于贺知章勤勤恳恳的工作态度和他不争不抢、平和稳重的性格。他中状元后，武则天给了他一个不高的官职，他无怨无悔，兢兢业业。后来唐玄宗继位，贺知章遇到了贵人张说，得到了提拔。他时不时不动声色地在唐玄宗面前展示他的智慧，让唐玄宗越来越喜欢他。

有一次，两个大臣因封禅时间在朝廷上吵了起来，唐玄宗觉得双方都有道理，十分头疼。这时候贺知章慢悠悠地说："封禅是为了为民祈福，何必拘泥于时间呢？"唐玄宗一听，觉得贺知章真有智慧。唐玄宗让他担任起居郎，每天记录皇帝的言行，这样他可算是皇帝身边亲近的人啦！

　　贺知章会做官，更会做人。他生性豪爽，跟李白一样被评为"饮中八仙"之一。杜甫说有一次贺知章喝醉了骑在马上前俯后仰，好像坐在船上，甚至因为眼睛昏花掉进了枯井中。第二天早上仆人们找到他时，他还没睡醒呢。

　　贺知章善于发现人才，乐于提拔年轻人。传说李白刚到长安时偶遇当时已享有盛名的贺知章，将自己写的《蜀道难》拿给贺知章看。贺知章一看，十分喜欢，当即请李白喝酒。到了酒馆贺知章才发现没带钱，便把腰上的金饰龟袋解下来当酒钱。自此两个人成了忘年交。

贺知章的诗写得好，可惜流传下来的只有二十首左右。除了《回乡偶书》，他的《咏柳》也是家喻户晓。

春天的景色可真美啊！

的确是美不胜收！

咏柳

碧玉妆成一树高，

万条垂下绿丝绦。

不知细叶谁裁出，

二月春风似剪刀。

贺知章与"草圣"张旭十分要好，他自己的草书也是一绝。据说，贺知章只有喝醉时才写，因此他的字十分难得。"画圣"吴道子看了他的草书后，还亲自拜他为师学写狂草呢！

有人说贺知章命好，出生在开元盛世，到安史之乱时他已经离世。他这一生真可谓是福寿双全，不像李白那样多次被贬，也不像杜甫那样颠沛流离，是诗人中的幸运儿。

有时候，故乡是那壮丽的风光。

南北朝时期，敕勒族人生活在我国阴山附近，他们是原始的游牧部落，最早生活在贝加尔湖附近，后来才慢慢迁到阴山一带。

游牧民族性情粗犷豪放，他们的故乡是阴山下绿野
茫茫的敕勒川，有风吹草低后若隐若现的成群牛羊，有
乘着高车、唱着民歌的祭天盛会。他们对故乡的情思，
寄托在这样的一首诗中：

敕勒歌

敕勒川，阴山下，
天似穹庐，笼盖四野。
天苍苍，野茫茫，
风吹草低见牛羊。

其实，作为古诗的一个类别，思乡诗
还有很多。想一想，你还知道哪些？

游子①吟

［唐］孟郊

慈母手中线，游子身上衣。

临②行密密缝，意恐③迟迟归。

谁言寸草④心，报得三春晖⑤。

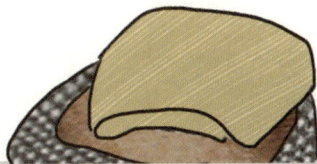

| 注释 | ①游子：离开家乡，在外远游的人，这里指诗人自己。
②临：将要。
③意恐：担心。
④寸草：小草，这里比喻游子。
⑤晖：阳光，这里比喻母爱。 | 大意 | 慈母用手中的针线，为即将远行的儿子赶制身上的衣衫。
临行前一针针缝得这样细密，怕的是儿子在外迟迟难归而衣服有破损。
谁说儿女像小草一样的孝心，报答得了慈母像春日阳光一样的恩情？ |

静 夜 思①

[唐] 李白

床 前 明 月 光，
疑② 是 地 上 霜 。
举 头③ 望 明 月 ，
低 头 思 故 乡 。

注释

①静夜思：在静静的夜里产生的思绪 。
②疑：好像。
③举头：抬头。

大意

静静的夜里，皎洁明亮的月光洒在了床前，好像地上泛起了一层秋霜。
我抬起头来，望见窗外那明亮的月亮，不由得低头沉思，想起远方的家乡。

村 居

[清] 高鼎

草 长 莺 飞 二 月 天 ，
拂 堤 杨 柳① 醉② 春 烟③ 。
儿 童 散 学④ 归 来 早 ，
忙 趁 东 风⑤ 放 纸 鸢⑥ 。

注释

①拂堤杨柳：杨柳枝条很长，垂下来，微微摆动，像是在抚摸堤岸。

②醉：迷醉，陶醉。

③春烟：春天的雾气。

④散学：放学。

⑤东风：春风。

⑥纸鸢：一种纸做的形状像老鹰的风筝，这里泛指风筝。鸢，老鹰。

大意

农历二月，村子前后的青草渐渐发芽生长，黄莺飞来飞去。杨柳披着长长的枝条随风摆动，好像在轻轻地抚摸着堤岸，仿佛也陶醉在了蒙蒙的春烟里。村里的孩子们早早就放学回家了，他们趁着春风劲吹的时机，把风筝放上蓝天。

回 乡 偶 书 （其一）

［唐］贺知章

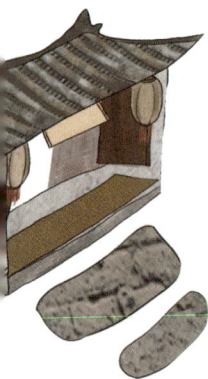

少 小^① 离 家 老 大^② 回 ，
乡 音^③ 无 改^④ 鬓 毛^⑤ 衰^⑥ 。
儿 童 相 见 不 相 识 ，
笑 问 客 从 何 处 来 。

注释	①少小：小时候。 ②老大：年龄大了。 ③乡音：家乡的口音。 ④无改：没什么变化。 ⑤鬓毛：鬓发。 ⑥衰：稀疏。	大意	我在年少时候就离开了家乡，到年老了才回来。我的家乡口音没有改变，但鬓发已经稀疏掉落。 家乡的孩子们看到了我却都不认识我，笑着问："客人您是从哪里来的呀？"

回乡偶书（其二）

[唐] 贺知章

离 别 家 乡 岁 月 多 ，
近 来 人 事 半 消 磨^① 。
惟 有 门 前 镜 湖^② 水 ，
春 风 不 改 旧 时 波 。

注释	①消磨：逐渐消失，改变。 ②镜湖：湖名，在今浙江绍兴。	大意	我离开家乡已经很久了，回来后才感觉家乡的人和事变化很大。 只有那家门前镜湖的碧水，在春风吹拂下泛起的波纹还和从前一样。

咏 柳

［唐］贺知章

碧玉①妆②成一树高，
万条垂下绿丝绦③。
不知细叶谁裁④出，
二月春风似剪刀。

注释

①碧玉：碧绿色的玉，这里比喻嫩绿的柳叶。
②妆：装饰，打扮。
③丝绦（tāo）：用丝线编成的绳带，这里比喻柔嫩的柳条。
④裁：裁剪。

大意

高高的柳树好像是用碧玉装饰而成的，垂下的柳条如千万条飘摇的绿色丝带。
不知这纤细的嫩叶是谁裁剪出来的，原来二月里的春风就是那把灵巧的剪刀。

敕 勒 歌

北朝民歌

敕勒川①，阴山②下，

天似穹庐③，笼盖四野④。

天苍苍，野茫茫，

风吹草低见⑤牛羊。

注释	①川：平川、平原。 ②阴山：在今内蒙古自治区。 ③穹庐（qióng lú）：用毡布搭成的圆顶帐篷。 ④四野：草原的四面八方。 ⑤见（xiàn）：同"现"，显露。	大意	辽阔的敕勒平原在阴山脚下，天空仿佛广阔的圆顶帐篷，笼罩着四面的原野。 天色苍茫，原野辽阔，当风儿吹过，牧草低伏时，隐没于草丛中的牛羊就显露出来了。

05. 诗人眼中的生死

人有生就有死，即便是伟大的诗人也是如此。那么对于生死，诗人们是如何看待的呢？我们先从一位姓曹的青年说起。

有一天，在富丽堂皇的宫殿内，皇帝威严地坐在龙椅上。庭中站着一位长相与他有几分相似的人。这位皇帝姓曹，紧张地站着的青年也姓曹。

你猜得没错，他俩就是兄弟。皇帝是哥哥，叫曹丕；站着的是弟弟，叫曹植。

皇帝严厉地说："爸爸一直欣赏你的才华，但他去世的时候，你却没有及时吊唁。现在你必须在七步之内作一首诗，作不出来就杀头！"

知识小达人

曹丕

魏文帝曹丕，字子桓，三国时期著名的政治家、文学家，曹魏的开国皇帝，公元220—226年在位。

曹植的眼神很复杂，既有恐惧也有哀伤。他缓缓地迈着步子，腿像灌了铅一样沉重。思考片刻，他写下一首《七步诗》。

七步诗

煮豆持作羹，

漉菽以为汁。

萁在釜下燃，

豆在釜中泣。

本自同根生，

相煎何太急？

曹植的一首《七步诗》唤醒了沉睡的兄弟情谊，也保住了他的性命。哥哥曹丕虽然没有杀他，但依然担心他会背叛自己。因此，曹植虽然被封为藩王，但实际上就是被监视的囚徒。

知识小达人

藩王

藩王一般是某一地区的统治者，其地位低于天子。藩王大多为宗室成员、功臣或地方势力首领等。藩王统治的地方叫藩国，一般由天子分封。

据史书记载，曹操共有二十五个儿子。在这些孩子中，他最喜欢的就是曹丕和曹植了，因为这两个孩子与他一样有才华。因此，这两个孩子也是最有希望继承曹操的基业的。

知识小达人

三曹

曹操、曹丕和曹植合称"三曹"。曹操的代表作有《短歌行》《观沧海》等，据说他的书法造诣也很高。曹植的代表作有《洛神赋》《白马篇》等。曹丕虽然只活了三十九年，但学术成果丰富。他的《典论·论文》是我国文学批评史上的重要著作。

曹植才华横溢，曹操很喜欢他，多次想立他为世子。但他太爱喝酒，喝多了还总做出一些违反规定的事儿。有一次他竟然把车开到了帝王举行典礼才能行走的禁道上。曹操慢慢对他失望了，便立他的哥哥曹丕为世子。

曹植并不是贪生怕死之人，但他觉得不能死在亲人的手里。《七岁诗》之事后没过几年，曹丕病逝，他的长子曹叡（魏明帝）继位。曹植多次向小皇帝献策，但魏明帝并不想启用这位叔叔。曹丕去世六年后，曹植也在忧郁中病逝了。

还有一些诗人是因为爱国而不惧死亡，这其中就有女中豪杰李清照。

1127 年，金兵入侵中原，砸烂宋王朝的琼楼玉苑，掳走了宋徽宗、宋钦宗父子，北宋灭亡。

117

后来，在一次动乱中，李清照的丈夫赵明诚不敢平叛，反而临阵脱逃。李清照为此感到耻辱，但也无计可施。在他们路过乌江时，李清照实在忍不住心中的怒气，创作《夏日绝句》：

夏日绝句

生当作人杰，

死亦为鬼雄。

至今思项羽，

不肯过江东。

《夏日绝句》展现了李清照对生死的看法，即活着就应当做人中豪杰，死了也应堂堂正正。作为一名女子，李清照展现出不逊须眉的豪气与傲骨。

当然，李清照与丈夫赵明诚的感情还是很好的。他们志趣相投，都喜欢收藏并研究文物，并为此花费了不少金钱。

知识小达人

李清照夫妻二人共同的爱好称为什么？

赵明诚与李清照喜欢研究前朝的铜器和碑石。这类研究叫作金石学，是中国考古学的前身。

　　李清照四十多岁的时候，丈夫赵明诚去世。然而祸不单行，有一天夜里，她与丈夫毕生的收藏被小偷偷走了。

丈夫死后的第三年，李清照嫁给了张汝舟。但婚后不久，张汝舟就露出了市侩面目。李清照不得已只好状告张汝舟当官的履历造假，并提出离婚，但这又触犯了当时的"亲亲相隐"的规定，于是李清照被判入狱。（对于李清照再婚这件事，后世学者有争议）。

晚年的李清照过得穷困潦倒，她的诗词也多慨叹身世，情调感伤，有时也流露出对中原的怀念，充满着凄凉。

李清照一生作下无数千古诗篇，她为人始终坦荡，襟怀始终广阔，无愧为古今难得的奇女子。

知识小达人

亲亲相隐

亲亲相隐是指中国旧律中规定的这样一种原则：亲属之间相互隐瞒罪行可不论罪或减刑，该隐却不隐的要处刑。这是为了维护宗法伦理和家族制度。

七 步 诗

[三国·魏] 曹植

煮 豆 持① 作 羹②，
漉③ 菽④ 以 为 汁 。
萁⑤ 在 釜⑥ 下 燃 ，
豆 在 釜 中 泣⑦ 。
本 自 同 根 生 ，
相 煎⑧ 何⑨ 太 急 ？

注释	
	①持：用来。
	②羹：用肉或菜做成的糊状食物。
	③漉（lù）：过滤。
	④菽（shū）：一作"尗"。豆类的总称。
	⑤萁：豆类植物脱粒后剩下的豆秆，可以被点燃用来做饭。
	⑥釜：锅。
	⑦泣：小声哭。
	⑧煎：煎熬，这里指迫害。
	⑨何：何必。

大意

煮豆子用来做豆羹，要先过滤掉豆子的残渣，留下豆汁。

豆秆在锅下熊熊燃烧，豆子在锅里默默哭泣。

豆秆和豆子本是从同一条根上生长出来的，为什么要相互煎熬逼迫呢？

夏 日 绝 句

[宋] 李清照

生 当 作 人 杰①，

死 亦 为 鬼 雄②。

至 今 思 项 羽③，

不 肯 过 江 东④。

注释	①人杰：人中的豪杰。

①人杰：人中的豪杰。

②鬼雄：鬼中的英雄。

③项羽：秦亡后，自立为西楚霸王，与刘邦争夺天下，在垓下之战中兵败自杀。

④江东：项羽当初随叔父项梁起兵的地方。

大意 人生在世要做人中的豪杰，死后也应是鬼中的英雄。到今天人们还在怀念项羽，因为他不肯苟且偷生，退回江东。

姓名：白居易

祖籍：太原（今山西太原市西南）

生卒年：772—846

字号：字乐天，晚年号香山居士

代表作：《池上》等

名句：不解藏踪迹，
　　　浮萍一道开。

白居易

姓名：柳宗元

祖籍：河东解县（今山西运城市西南）

生卒年：773—819

字号：字子厚

代表作：《江雪》等

名句：千山鸟飞绝，
　　　万径人踪灭。

柳宗元

姓名：杜牧

祖籍：京兆万年（今陕西西安）

生卒年：803—853

字号：字牧之

代表作：《赠别二首》等

名句：春风十里扬州路，
卷上珠帘总不如。

杜牧

范成大

姓名：范成大

祖籍：苏州吴县（今江苏苏州）

生卒年：1126—1193

字号：字至能，号石湖居士

代表作：《四时田园杂兴》等

名句：梅子金黄杏子肥，
麦花雪白菜花稀。

姓名：朱熹

祖籍：徽州婺源（今属江西）

生卒年：1130—1200

字号：字元晦，一字仲晦，号
　　　晦庵

代表作：《春日》等

名句：等闲识得东风面，
　　　万紫千红总是春。

朱熹

姓名：贺知章

祖籍：越州永兴（今浙江杭州市萧山区西）

生卒年：659—约 744

字号：字季真，自号四明狂客

代表作：《咏柳》等

名句：不知细叶谁裁出，
二月春风似剪刀。

贺知章

图书在版编目（CIP）数据

藏在历史里的古诗词. 3 / 刘鹤著；麦芽文化绘
. — 成都：四川教育出版社，2021. 6

ISBN 978-7-5408-7593-0

Ⅰ . ①藏… Ⅱ . ①刘… ②麦… Ⅲ . ①古典诗歌—中
国—中小学—课外读物 Ⅳ . ① G634.303

中国版本图书馆 CIP 数据核字 (2021) 第 115504 号

CANG ZAI LISHI LI DE GU SHICI 3

藏在历史里的古诗词 3

刘鹤◎著　麦芽文化◎绘

出 品 人	雷 华	
责任编辑	任 舸	
责任校对	洪晨阳	
封面设计	松 雪	
出版发行	四川教育出版社	
	地　　址	成都市黄荆路 13 号
	邮政编码	610225
	网　　址	www.chuanjiaoshe.com
印　　刷	河北鹏润印刷有限公司	
版　　次	2021 年 6 月第 1 版	
印　　次	2021 年 6 月第 1 次印刷	
开　　本	710mm×1000mm　1/16	
印　　张	8	
书　　号	ISBN 978-7-5408-7593-0	
定　　价	128.00 元（全 4 册）	

如发现印装质量问题，请与本社联系调换。电话：(028) 86259381
营销电话：(028) 86259605　邮购电话：(028) 86259605　编辑部电话：(028) 85623358

藏在历史

扫码点目录听本书

刘 鹤 著

麦芽文化 绘

里 的 古诗词

4

四川教育出版社

前　言

十几年前填报高考志愿时，我在中文专业和历史专业之间犹豫了很久，毕竟向来"文史不分家"。最终，父亲以"读史使人明智"为由为我选定了历史方向，这也为我后来的工作和事业奠定了基础。

记得在学习古诗词时，我的脑海中常常跳出这样一些问题："南朝四百八十寺"，真的有四百八十座寺庙吗？为什么要建那么多寺庙呢？大诗人李白为什么要作诗赠予汪伦呢？戍守边关的将士们是不是对葡萄有所偏爱，否则怎会有"葡萄美酒夜光杯"的名句？在婉转的音律和顿挫的节奏中，这些问题变得越来越清晰，吸引我去寻找答案。而唯有走近诗（词）人，走进历史，才能找到答案。我相信，很多大朋友、小朋友和曾经的我有过同样的困惑，这本书也由此诞生。

爱诗词，爱诗（词）人，更爱那个璀璨的时代。让我们带着这份深

爱，一起走进历史，寻找藏在历史里的古诗词。中国古典诗词不仅是浓缩的汉语精华，充满节奏感、韵律感，散发着迷人的魅力，其深藏的诗（词）人命运、时代特质、社会发展更吸引着一代又一代人去探索。是的，我们传承的不仅仅是语言艺术，更是一种民族文化、民族精神。这套书，并不拘泥于单纯的诗词教学，而是带着孩子一起回到过去，回到历史当中，回到创作的场景当中，看诗（词）人所看，思诗（词）人所思，悲诗（词）人所悲，乐诗（词）人所乐。走近诗（词）人，了解他们，融入他们，进而去见证一首伟大作品的诞生，去感受一个时代的兴衰。这四本书以诗（词）人的生平和古诗词的创作背景为线索，再现古诗词背后的历史故事。我始终相信，被古诗词滋养的孩子，是被生活和命运垂青的幸运儿。他们不仅拥有表达美的技能、创造美的能力，而且拥有纵观千年的豁达胸襟和淡看浮沉的从容睿智。

如果你是学龄前的小朋友，请你用此书开启美妙的古诗词之旅。去吧，去看看那些有趣的人和有趣的事！

如果你是一名小学生，请你将此书立于案头。当你想学习古诗词时，翻开它，走进诗（词）人的生活和情感，感受时代给予他们的自由与束缚！

如果你是一位古诗词爱好者，请你将此书置于床头。在每一个晨昏，浸润于古诗词的美妙中，穿越于历史的浮沉间。

我相信，你们一定会爱上它！

刘鹤

2021 年 4 月 20 日

目　录

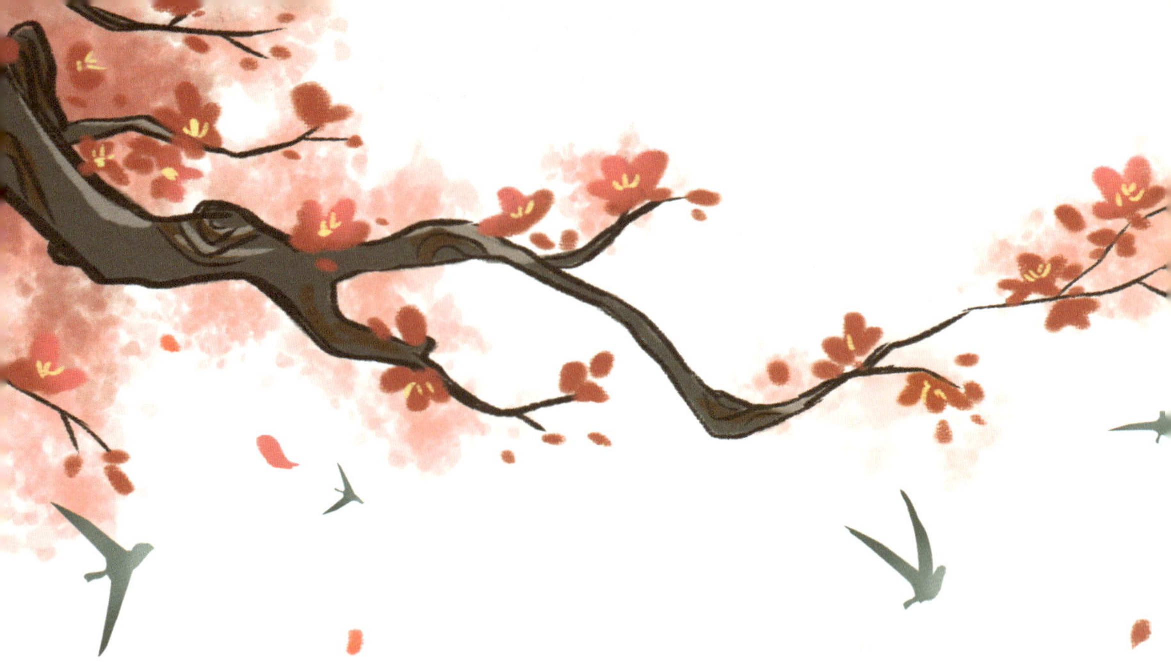

01. 山河无恙

古诗中有一类诗歌叫作山水诗，通过描写山水风景来表达思想感情。这类诗在晋代已产生，在南朝至晚唐时期发展到顶峰。有一些诗人十分擅长写这类诗，被称为山水诗人。谢灵运被大家公认为山水诗的鼻祖，他使山水诗成为一种独立题材的诗歌。谢灵运还是"诗仙"李白的偶像，杜甫、白居易等都曾作诗赞颂过他。

　　谢灵运是名副其实的将门之后。他的爷爷是当年指挥淝水之战以少胜多的谢玄。东晋时期，一个人出身门第的高低十分重要，因为那时候以"九品中正制"选拔官员。"旧时王谢堂前燕，飞入寻常百姓家"一句就提到了王、谢两大名门望族，其中，"王"就是王羲之所在的琅琊王氏；"谢"就是谢灵运所在的陈郡谢氏。谢玄曾经感慨，虽然自己的儿子（谢灵运的父亲）并不聪明，但自己的孙子却是个神童，他十分骄傲。谢灵运十八岁时，就继承了"康乐公"的爵位，享受着衣食无忧的生活。

年轻的谢灵运总会突发奇想地改造他的衣服、马车，因此在当时赢得了一些年轻贵族的追捧，一时成了时尚达人。后来，皇帝任命谢灵运为散骑常侍（皇帝身边的闲官），谢灵运认为皇帝大材小用。后来改朝换代（刘裕推翻东晋建立刘宋政权），新皇帝刘裕依然让他担任散骑常侍，同时负责保护太子的安全。

几年后，太子成了皇帝，谢灵运以为好日子来了，谁知却被外放去永嘉（今浙江温州）当太守。可想而知，他当时得多郁闷哪！硬着头皮去吧，谁敢违抗皇帝的命令呢？

　　到了永嘉，谢灵运竟然对这里的山水"一见钟情"。他整日沉浸在如画的风景里，班也不上了，出去一玩儿就是十天半个月。他一边玩儿，一边写写山水，借以抒发心中的情感，就这么优哉游哉地过了一年。他觉得当朝廷的小官也是一种束缚，便辞职回到祖、父安葬地会稽郡始宁县（今浙江三界镇），过上了游山玩水的幸福生活。他还亲自设计建造了一座别墅，吸引了不少名人雅士到这里聚会。作为一名专职作家，他有着很大的作品产量，他的名气也越来越大。

　　皇帝刘义隆也把谢灵运当作自己的偶像,邀请他出山当官。起初,谢灵运没有答应,但实在是招架不住皇帝的多次召唤,终于勉强地当了"图书馆馆长"——秘书监,掌管国家的文献和典籍。皇帝要编《晋史》,谢灵运只列了个提纲应付了事。谢灵运看到朝堂上那些比他官大的人,才气还不如自己的十分之一,就不想搭理他们,还故意迟到、早退。他又如愿下岗了。"独乐乐不如众乐乐",这回他找了四个好兄弟组成"旅游团"一起游山玩水,结果被地方官告到皇帝那儿,说他们"扰民"。

　　皇帝一看，觉得不能让谢灵运闲着，就又给他安排了一个官儿。不过，他依然不认真对待工作。中央监察部门的人找他谈话，他竟然把人给扣押了起来。这下，不管皇帝多么稀罕他，都得治他的罪了。皇帝没舍得杀他，只是将他流放到广州。谁知，数月后一个消息传得沸沸扬扬：一伙儿无业游民打算去广州劫狱救"谢老大"。谢灵运哪里认识什么无业游民，这分明就是栽赃嘛！但"毒舌"谢灵运得罪的人实在是太多，皇帝见众怒难消，也只得以"挥泪斩马谡"的心情，判谢灵运斩立决。

　　谢灵运离世两百多年后，一位与他一样喜欢游山玩水的才子出生了。他就是李白。李白自视甚高，但特别崇拜谢灵运。他穿着谢灵运发明的登山鞋，去走谢灵运开创的旅行路线。这可不是乱说的，有《梦游天姥吟留别》一诗为证。

梦游天姥吟留别

（节选）

谢公宿处今尚在，

渌水荡漾清猿啼。

脚著谢公屐，

身登青云梯。

知识小达人

谢公屐

谢灵运为了登山专门发明了一种登山鞋。这种鞋的鞋底前后装有可拆卸的木齿，上山时去掉前齿，下山时去掉后齿。这种鞋被后人称为"谢公屐"。

两人都极有才气。谢灵运说："天下才共一石，曹子建独得八斗，我得一斗，自古及今共分一斗。"意思是说天下的才华曹植占了八斗，谢灵运占一斗，从古到今全部人加起来占一斗（这就是才高八斗的由来）。李白则说："天生我材必有用，千金散尽还复来。""仰天大笑出门去，我辈岂是蓬蒿人。"

李白穿着谢公屐遍游名山大川，去庐山，去天门山，去敬亭山，去白帝城，每到一处都留下名篇。

李白一生的大部分光阴都是在路上度过的。很多脍炙人口的千古佳句，也都是李白在旅行的路上创作的。或许有人会问："李白独行不怕危险吗？"不要担心，李白可是一位剑术超群的侠客！"一剑一酒闯江湖"说的就是大诗人李白啦！

唐朝尚武，游侠之风盛行，家长们主张培养能文能武的孩子。相传李白的武功极高。李白的武功有多高呢？如果将古代著名诗人按武功进行排名，李白差不多可以跻身前三。

　　李白所处的时代是盛唐，他浪漫、豪放的诗词风格与中晚唐的诗词风格很不相同。晚唐五代时期，以温庭筠为代表的"花间词派"大放异彩。

　　温庭筠出生于没落贵族家庭，少时天赋异禀，文思敏捷。他有个外号，叫"温八叉"。

知识小达人

花间词派

"花间词派"是产生于晚唐五代时期的中国古代诗词学流派，因赵崇祚所编的《花间集》而得名。其词作内容多为歌咏离愁别恨、旅愁闺怨等，代表人物有温庭筠、韦庄等。

少年时的温庭筠算不上个听话懂事的孩子，他常常拿着零花钱去游乐场所，跟一些不好好学习的孩子鬼混。后来他多次参加科举考试。晚唐科举考试的科目之一为律赋，要求八韵一篇。温庭筠凭借丰富的考试经验，双手交叉一吟便成一韵，八叉八韵便可交稿，因此得名"温八叉"。由于他完稿速度快，每次考试都有考生拿着钱请他代笔（考场作弊）。如果座位离得近，温庭筠便肆无忌惮地直接帮别人写答卷。这种行为在任何一个时代都是不被允许的，最终温庭筠考场作弊之事被记载到史册中，成为他人生的一大污点。

眼瞅着科举考试考不上，温庭筠便写信给杜牧，希望杜牧能够举荐自己当官。杜牧听过温庭筠的《商山早行》，他自己也写过一篇关于山行的古诗。那时候杜牧时常感觉身体不适。他用平实无奇的短文为自己写了墓志铭，还把自己的作品烧了一大半，只留下了十之二三，十分可惜。温庭筠给杜牧写信后不久，杜牧离世，温庭筠只能感慨自己运气不好。

山 行

远上寒山石径斜，

白云生处有人家。

停车坐爱枫林晚，

霜叶红于二月花。

有一天，一位宰相突然来访，让四十四岁的温庭筠受宠若惊。原来，唐宣宗很喜欢《菩萨蛮》的曲调，宰相想请温庭筠替自己代笔写二十首进献给皇上，并叮嘱温庭筠千万保密。谁知，温庭筠管不住自己的嘴，转身就告诉了身边的亲朋好友。宰相知道后，恼羞成怒，暗暗痛恨他。此后温庭筠的仕途之路便可想而知了。

不是说保密的嘛！这人太不靠谱了！

听说宰相为了讨皇帝欢喜，找"枪手"代写文章！

温庭筠的才华是公认的，但他不太会为人处世，一辈子都没被重用，最终落得个下落不明的结局。

从"山水诗鼻祖"谢灵运到以山水为乐的李白，再到"花间词派"的温庭筠，如今他们笔下的山河无恙，岁月悠长。他们的诗词让相同的山水变幻成不同的模样，让我们在领略自然风光之美的同时，感受着文化的滋养。他们已然作古，但留下的诗篇与山河共存，他们的精神与我们同在。

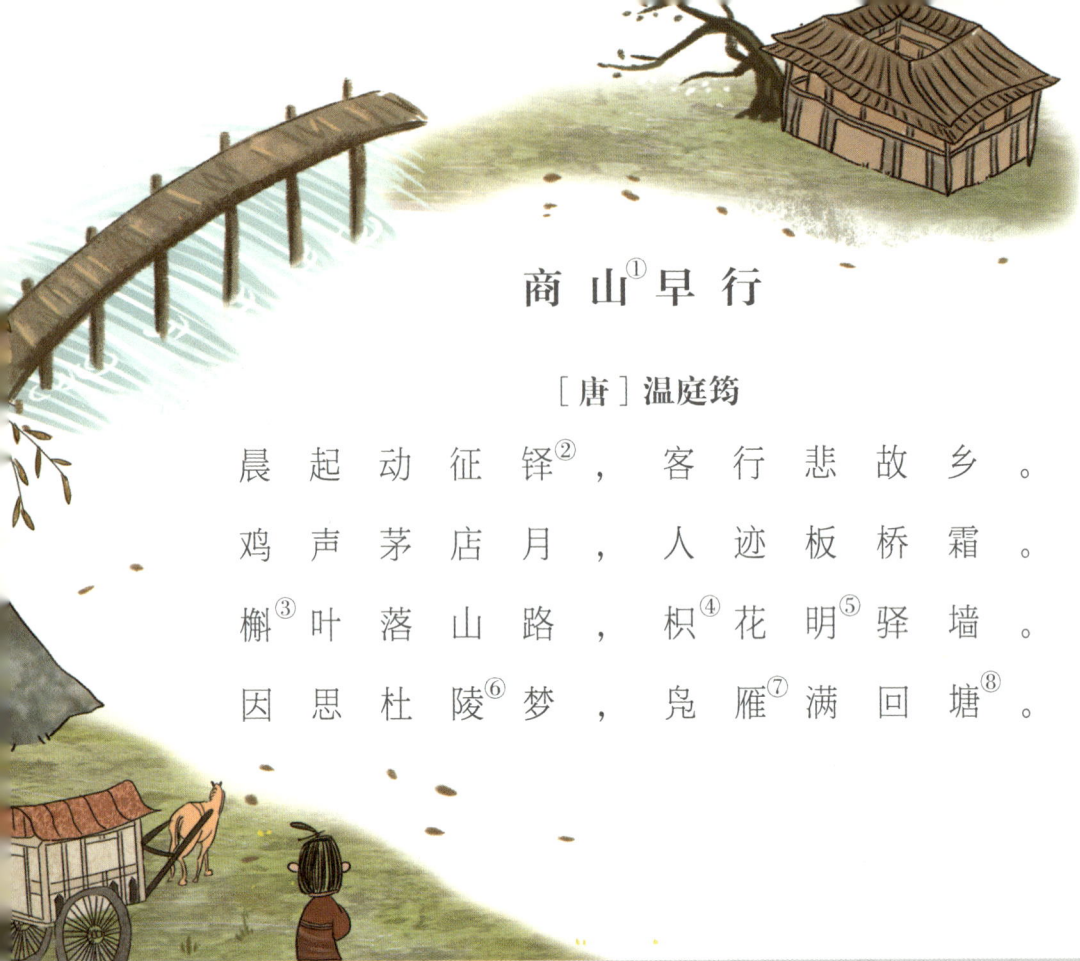

商 山①早 行

［唐］温庭筠

晨 起 动 征 铎②， 客 行 悲 故 乡 。

鸡 声 茅 店 月 ， 人 迹 板 桥 霜 。

槲③叶 落 山 路 ， 枳④花 明⑤驿 墙 。

因 思 杜 陵⑥梦 ， 凫 雁⑦满 回 塘⑧。

注释

①商山：山名，在今陕西省商洛市。
②动征铎（duó）：震动出行的铃铛。征铎是车行时悬挂在马颈上的铃铛。铎，大铃。
③槲（hú）：一种落叶乔木。
④枳（zhǐ）：一种落叶灌木。
⑤明：使……明艳。驿墙，驿站的墙壁。
⑥杜陵：地名，在长安城南（今陕西西安东南）。
⑦凫（fú）雁：凫，野鸭。雁，一种候鸟。
⑧回塘：曲折的池塘。

大意

黎明起床，车马的铃铛震动，远行的游子思念故乡。鸡鸣声声，茅草店沐浴着晓月的余辉，木板桥上的足迹叠印着早春的寒霜。枯败的槲叶落满了荒山的野路，淡白的枳花使驿站的泥墙明艳起来。不由得想起昨夜梦见杜陵的情景，一群群野鸭和大雁嬉戏在弯曲的池塘。

山 行①

[唐] 杜牧

远 上 寒 山② 石 径③ 斜④，

白 云 生 处⑤ 有 人 家 。

停 车 坐⑥ 爱 枫 林 晚 ，

霜 叶 红 于 二 月 花 。

注释

①山行：在山中行走。

②寒山：指深秋时候的山。

③径：小路。

④斜：古音读 xiá，为倾斜的意思。

⑤白云生处：白云升腾、缭绕和飘浮的地方。也说明山很高。

⑥坐：因为。

大意

远远看去，通上山间的小路弯弯斜斜，白云缭绕的地方隐隐约约有几户人家。

我把马车停下，只因爱那枫林晚景，霜染后枫叶比早春二月的花儿还要明丽绚烂。

望庐山瀑布

[唐] 李白

日照香炉①生紫烟②，
遥看③瀑布挂④前川⑤。
飞流直⑥下三千尺⑦，
疑⑧是银河⑨落九天⑩。

注释

①香炉：指香炉峰。

②紫烟：指日光透过云雾，远望如紫色的烟云。

③遥看：从远处看。

④挂：悬挂。

⑤前川：一作"长川"。川，河流，这里指瀑布。

⑥直：笔直。

⑦三千尺：形容山高。这里是夸张的说法，不是实指。

⑧疑：怀疑。

⑨银河：古人指银河系构成的带状星群。

⑩九天：极言天高。古人认为天有九重，九天是天的最高层，九重天即天空最高处。一作"半天"。

大意

香炉峰在阳光的照射下生起紫色烟霞，从远处看去，瀑布好似白色绢绸悬挂在山前。

高崖上飞腾直落的瀑布好像有几千尺，让人怀疑是银河从天上泻落到人间。

早发①白帝城

［唐］李白

朝②辞③白帝彩云间④，
千里江陵⑤一日还。
两岸猿⑥声啼⑦不住⑧，
轻舟已过万重山⑨。

注释

①发：启程。白帝城故址在今重庆市奉节县白帝山上。

②朝：早晨。

③辞：告别。

④彩云间：因白帝城在白帝山上，地势高耸，从山下江中仰望白帝城仿佛耸入云间。

⑤江陵：今湖北省荆州市。

⑥猿：猿猴。

⑦啼：鸣、叫。

⑧住：停息。

⑨万重山：层层叠叠的山，形容山很多。

大意

清晨我就要踏上归程，从江上往高处看，可以看见白帝城彩云缭绕，如在云间。千里之遥的江陵一天就可以到达。

两岸猿猴的啼声不停地在耳边回荡，轻快的小船已驶过连绵不绝的万重山峦。

望天门山[1]

[唐] 李白

天 门 中 断[2] 楚 江[3] 开[4]，

碧 水 东 流 至 此[5] 回[6]。

两 岸 青 山[7] 相 对 出[8]，

孤 帆 一 片 日 边 来 。

注释

①天门山：今安徽省当涂县的东梁山（古代又称博望山）与和县的西梁山的合称。两山夹江对峙，中间如门，故称"天门山"。

②中断：江水从中间隔断两山。

③楚江：即长江。因古代长江中游地带属楚国而得名。

④开：劈开，断开。

⑤至此：意为东流的江水在这里转向北流。一作"直北"。

⑥回：回旋，回转。

⑦两岸青山：分别指东梁山和西梁山。

⑧出：突出，出现。

大意

长江犹如巨斧劈开天门雄峰，碧绿江水东流到此，又回旋向北流去。两岸青山隔着长江相峙而立，一只小船从太阳升起的地方悠悠驶来。

独坐敬亭山①

[唐] 李白

众 鸟 高 飞 尽②，
孤 云 独 去 闲③。
相 看 两 不 厌④，
只 有 敬 亭 山 。

| 注释 | ①敬亭山：在今安徽省宣城市北。
②尽：没有了。
③闲：形容云彩飘来飘去，悠闲
自在的样子。
④两不厌：指诗人和敬亭山而言。
厌，满足。 | 大意 | 群鸟高飞无影无踪，
孤云独来独往自在悠
闲。
我看着敬亭山，敬亭
也默默注视我；彼此
看不够的，就只有我
和眼前的敬亭山了。 |

02. 水光潋滟

在人类文明初期，人们热衷于探讨世界的本原，以及世界上事物的组成和分类。比如，我国古代五行学说中的"五行"就是五种物质：金、木、水、火、土。水代表流动的、温润的，同时也具有强大的力量。老子用"上善若水"概括水的品质：不争不抢，滋润万物。可见，古人们也很善于观察水。

　　水有深浅和大小之分，比如深且宽的叫大江，浅且窄的叫小溪，其他如潭、涧、河、湖、泊、海等各种名字，无不体现古人对水观察之细致。他们看出了水与水的不同，也对水寄予了复杂的情感。

　　有一年，南宋诗人杨万里到常州任职，这里的"小桥流水人家"让他感觉分外清爽。一天，他来到池塘边，看到从泉眼流淌出的溪流汇入池塘，池塘上荷叶刚长出尖角，其上偶尔有蜻蜓飞过，十分可爱。他顿觉思路清晰，写下一首《小池》。

小 池

泉眼无声惜细流，
树荫照水爱晴柔。
小荷才露尖尖角，
早有蜻蜓立上头。

与温柔细腻的小池相比，我们的母亲河黄河就要波澜壮阔得多。唐代诗人刘禹锡在被流放到江南的途中，辗转经过黄河、洛水等多条水道。当他站在黄河边上，看到黄河的磅礴气势时，觉得真应该把自己所见到的写下来。于是他写下了我们熟知的《浪淘沙》。

浪淘沙（其一）

九曲黄河万里沙，
浪淘风簸自天涯。
如今直上银河去，
同到牵牛织女家。

　　刘禹锡不仅诗写得好，在政治上也是很有想法的。805 年，唐顺宗登基，他的两位老师王叔文、王伾认为朝政有很多不合理的地方，应该改革了。于是他们俩与柳宗元、刘禹锡等一起组了个"革新团"。他们的改革触犯了一些大臣的利益，大臣们就联合反抗，给皇帝施压。最终改革失败，他们都被贬到偏远的地区担任司马。柳宗元被贬为永州（今湖南永州）司马，刘禹锡被贬为朗州（今湖南常德）司马。这一事件史称"永贞革新"，又称"二王八司马事件"。

让我们被贬作伴，走得潇潇洒洒！

刘禹锡比柳宗元大一岁，两人同榜进士及第，还在同一年登上了博学鸿词科。他们之间的友谊，不逊于鲍叔牙与管仲、高渐离与荆轲的友谊。两人被贬后，常常书信往来，嘘寒问暖，互相鼓励。六十多岁时，柳宗元还为刘禹锡写诗，感慨两人二十多年的深交，希望晚年能有机会做邻居。

> 认识了二十多年了，一直没当过邻居呀。

重别梦得

二十年来万事同，今朝岐路忽西东。

皇恩若许归田去，晚岁当为邻舍翁。

有一种友谊叫作"刘禹锡和柳宗元"。

柳宗元客死他乡后，刘禹锡花了很大的功夫整理柳宗元的遗作，还自己出钱印发。如果没有刘禹锡，可能我们就看不到柳宗元的作品了。不仅如此，刘禹锡还收养了柳宗元的一个儿子，并将毕生所学全部教给他。

刘禹锡被贬后，在南方一待就是十年。815 年，刘禹锡和柳宗元等一起被召回京城。第二年，刘禹锡因写了一首诗惹祸上身，再次被贬。这首惹祸的诗究竟写了什么呢？我们来看看：

元和十年自朗州至京戏赠看花诸君子

紫陌红尘拂面来，无人不道看花回。

玄都观里桃千树，尽是刘郎去后栽。

刘禹锡的意思是，我离开京城的十年内，这些贵族们没为国家做什么贡献，整天就知道栽花植树，把京城都栽成景观花园了。被气坏了的权贵们跑去皇帝那里告状。刘禹锡又被贬谪了。

这回被贬，又是十年。刘禹锡被调来调去，辗转在今广东、安徽等地。其间，他蹚过不少河，爬过不少山，心情放松了不少。在去安徽上任的途中，他路过洞庭湖，用一首诗勾画出美妙的"洞庭山水图"。这首诗总让我们觉得，那个秋天洞庭湖的景色比现在更美！

望洞庭

湖光秋月两相和，

潭面无风镜未磨。

遥望洞庭山水翠，

白银盘里一青螺。

要好好保护环境，后代才能看到美好的风景啊！

晚年的刘禹锡在洛阳定居，常与白居易、裴度等赋诗对唱，过得还算不错。

37

说到风景秀美的湖，古往今来西湖的口碑可能是最好的。杨万里曾在西湖边送别好友林子方，借着西湖的美景，委婉地表达对友人深切的眷恋。

晓出净慈寺送林子方（其二）

毕竟西湖六月中，风光不与四时同。

接天莲叶无穷碧，映日荷花别样红。

　　杨万里是林子方的上级，同时他们也是好朋友。两个人经常一起畅谈国事，切磋诗词。他们志同道合，互视对方为知己。当时，林子方要去福州当知州，杨万里送他上船。林子方被调离皇帝身边，却自以为是升迁。杨万里作诗委婉地劝告林子方不要去福州。其实当时杨万里写了两首诗，另外一首如下：

晓出净慈寺送林子方（其一）

出得西湖月尚残，　荷花荡里柳行间。

红香世界清凉国，　行了南山却北山。

　　少年的杨万里拜了很多老师，二十多岁中了进士做了官。那时候他的官职不高，调动频繁，不过这倒让他很开心，因为每到一处他都能认识几位新朋友。在六十岁以前，杨万里的官做得还算顺利，从小官做到大官，没有被贬来贬去。六十多岁时，他得罪了宰相，皇帝让他去赣州当知州，被他谢绝了。之后，他回到家乡吉水开始了隐居生活。此后，任皇帝怎么请，他都不再出来做官。不过皇帝也算够意思，给了他优厚的福利待遇，让他的晚年生活过得十分富足。

　　杨万里的去世颇不平凡。八十岁那年的6月15日，杨万里不肯吃饭，独自坐在书房里，写了遗嘱和告别信，搁笔而逝。杨万里为官廉洁，清贫一生，不爱财、不贪权。他勤于写作，据说写了两万多首诗，但留下来的只有四千多首。

再见了，亲爱的家人！
再见了，亲爱的读者！

41

杨万里生活的时代是南宋，而此前的北宋也有很多诗人喜欢水。这也不奇怪，古时候，南北方的水路交通要比陆路交通省时、省力。比如，北宋的王安石自江宁赴京途经瓜洲时，就走水路坐船，并写了一首诗赞叹水路的便捷。

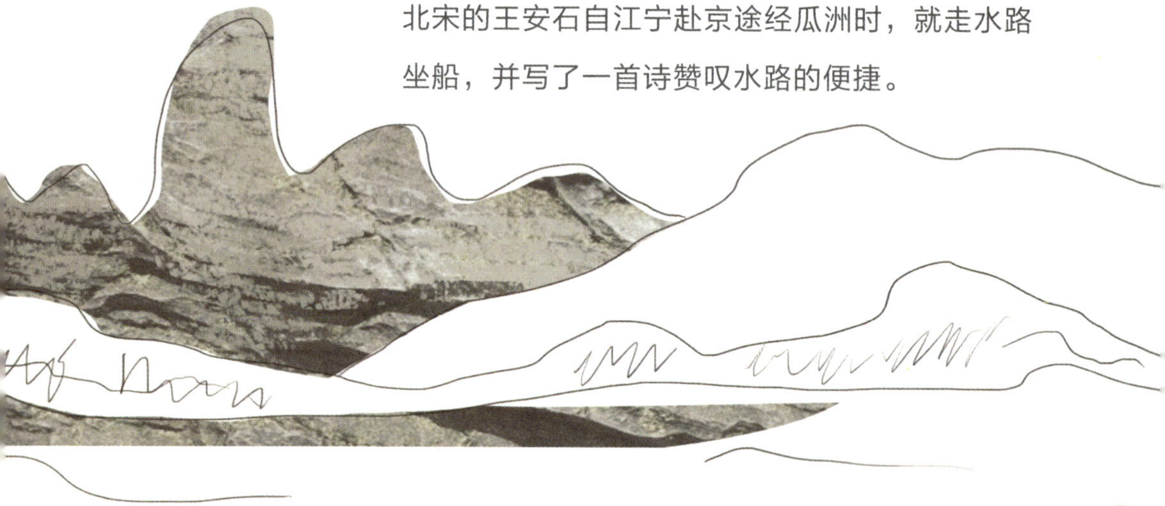

泊船瓜洲

京口瓜洲一水间，

钟山只隔数重山。

春风又绿江南岸，

明月何时照我还？

王安石二十一岁就考上了进士，据说当时的科举考试比现在的博士考试还难。他生活的那个年代，可谓人才辈出，都有谁呢？欧阳修、柳永、黄庭坚、秦观、曾巩、苏洵、苏辙、苏轼……总之太多了。皇帝挑人才都挑花了眼。

　　同在朝廷上班，总有意见不一致的同事，这很正常。王安石就有一位很著名的政敌——苏轼。两个人由于政治意见不同逐渐疏远。有一次，王安石筹备科举考试改革，向皇帝宋神宗请求开办学校，并且修改考试内容。苏轼当着文武百官的面表示反对。那时候，王安石更得宠一些。他生气地对宋神宗说："苏轼才高，但所学不正。"意思是这人虽然很有才华，但所学的不属正道。宋神宗就将苏轼调离了京城，派他到外地任职。后来苏轼在杭州任职期间，写下了不少名篇，比如这首《饮湖上初晴后雨》。

饮湖上初晴后雨

水光潋滟晴方好，山色空蒙雨亦奇。

欲把西湖比西子，淡妆浓抹总相宜。

　　王安石的变法开展得如火如荼，但苏轼对变法中的一些内容颇不认同。比如苏轼认为朝廷颁布青苗法涉嫌强制放贷，食盐专营法太过严苛，手实法鼓励人告密等。文人嘛，看到不对的、不公平的便不吐不快，免不了借着诗词发发牢骚。他的这些诗被沈括（对，就是写《梦溪笔谈》的那位）发现了，沈括告到朝廷说苏轼诽谤政府。不过当时的宋神宗并没当回事。过了六年（苏轼在这期间没少表达不满），负责监察百官的御史台官员李定等人接连上奏章弹劾苏轼。宋神宗气得下令把苏轼抓回来问罪。

当时，苏轼的好朋友王诜（shēn）得到了消息，秘密派人通知了在南京做官的苏辙（苏轼的弟弟）。听说皇帝要抓哥哥，苏辙冒着生命危险给苏轼报了信。于是，苏轼在官兵未到之前就请病假了。当时告假的官员是可以被暂缓问罪的，但前去抓捕的人仍强硬地将苏轼押解回京，关进了御史台的监狱。接下来就是朝廷的工作流程了：御史台负责案件调查，然后交给大理寺进行判决。大理寺判决关押苏轼两年，但当时朝廷有"赦令"，因此苏轼不必受到惩罚。

对于这个判决结果，御史台很不满意。他们向皇帝请求对案件进行复审，于是审刑院开始对案件进行复核。在这个过程中，朝廷中不少人都为苏轼求情。有意思的是，当时王安石已经告老还乡，听说了苏轼的事儿后，还特意给皇帝写信请求饶苏轼不死，他说："圣朝不宜诛名士。"意思是说朝廷现在正是用人之际，可不能杀人才呀！太皇太后、司马光等人都为苏轼求情，弟弟苏辙甚至说愿归还朝廷官位，以求皇帝赦免苏轼。宋神宗最终决定免去苏轼的死罪，把他贬到偏远地区当训练地方自卫队的小官。

还记得向苏辙报信的那位朋友王诜吗？人家本来是驸马，结果因为这件事被免去了一切官爵，不过后来又官复原位。苏辙被降了职位，成了一个在官员们喝酒时维持秩序的酒监。为苏轼求情的其他大小官员也都被罚了款。苏轼被关押的御史台院中有棵老柏树，时常有数千只乌鸦栖居在树上，因此御史台又被称为"乌台"，苏轼的这桩案件就被称为"乌台诗案"。

一场牢狱之灾能引发怎样的改变，或许对每个人来说都不相同。但对苏轼来说，在入狱之前，他疾恶如仇，斗志昂扬，他期冀"会挽雕弓如满月，西北望，射天狼"。

　　从监狱里出来，他变得从容和宽厚，感慨"小舟从此逝，江海寄余生"；他更加翩然独立，写下"拣尽寒枝不肯栖，寂寞沙洲冷"；面对起伏的人生，他终于能够"也无风雨也无晴"。

　　水至柔又至刚，苏轼等文人一生中写下许多诵水之作，而他们的为人也如水一般，既宽柔又刚正，令人敬佩。

小 池

〔宋〕杨万里

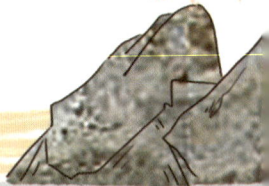

泉眼①无声惜②细流，
树荫照水③爱晴柔④。
小荷才露尖尖角⑤，
早有蜻蜓立上头⑥。

注释

①泉眼：泉水的出口。

②惜：爱惜。

③照水：映在水里。

④晴柔：晴天里柔和的风光。

⑤尖尖角：初出水面还没有舒展的荷叶尖端。

⑥上头：上面，顶端。为了押韵，"头"不读轻声。

大意

泉眼悄然无声是因舍不得细细的水流，映在水里的树荫喜爱晴天和风的轻柔。

娇嫩的小荷叶刚从水面露出尖尖的角，早有一只调皮的小蜻蜓立在它的上头。

晓①出净慈寺②送林子方③（其二）

[宋] 杨万里

毕竟④西湖六月中⑤，
风光不与四时⑥同⑦。
接天⑧莲叶无穷⑨碧，
映日⑩荷花别样⑪红。

注释

①晓：太阳刚刚升起。

②净慈寺：全名"净慈报恩光孝禅寺"，与灵隐寺为杭州西湖南北山两大著名佛寺。

③林子方：林枅（jī），作者的朋友。

④毕竟：到底。

⑤六月中：六月的时候。

⑥四时：春夏秋冬四个季节。在这里指六月以外的其他时节。

⑦同：相同。

⑧接天：像与天空相接。

⑨无穷：无边无际。

⑩映日：太阳映照。

⑪别样：宋代俗语，特别，不一样。别样红，红得特别出色。

大意

到底是西湖六月里的景色，风光与其他季节大不相同。

那密密层层的荷叶铺展开去，与蓝天相连接，一片无边无际的青翠碧绿；那亭亭玉立的荷花盛开，在阳光的辉映下，显得格外鲜艳娇红。

望　洞　庭[①]

［唐］刘禹锡

湖　光[②]　秋　月　两　相　和[③]，

潭　面[④]　无　风　镜　未　磨[⑤]。

遥　望　洞　庭　山　水　翠[⑥]，

白　银　盘[⑦]　里　一　青　螺[⑧]。

注释	
	①洞庭：湖名，在今湖南省北部。
	②湖光：湖面的波光。
	③和：和谐，指水色与月光交相辉映。
	④潭面：指湖面。
	⑤镜未磨：指湖面无风，水平如镜。
	⑥山水翠：一作"山水色"。山，指洞庭湖中的君山。
	⑦白银盘：形容平静又清澈的洞庭湖面。白银，一作"白云"。
	⑧青螺：这里用来形容洞庭湖中的君山。

大意

洞庭湖上月光和水色交相融和，湖面风平浪静，如同未磨的铜镜。

远远眺望，洞庭湖山水苍翠如墨，好似洁白银盘里托着一枚青螺。

泊船①瓜洲②

［宋］王安石

京口③瓜洲一水④间，
钟山⑤只隔数重山。
春风又绿⑥江南岸，
明月何时照我还？

注释

①泊船：停船。泊，停泊，指停泊靠岸。
②瓜洲：镇名，在长江北岸，扬州南郊，即今扬州市南部长江边，京杭大运河分支入长江处。
③京口：古城名。故址在今江苏省镇江市。
④一水：一条河。这里的"一水"指长江。"一水间"指一水相隔之间。
⑤钟山：今江苏省南京市紫金山。
⑥绿：吹绿。

大意

站在瓜洲渡口，放眼南望，京口和瓜洲之间只隔着一条长江，钟山与这里也只隔着几座青山。
温柔的春风又吹绿了长江南岸，可是，天上的明月呀，你什么时候才能够照着我回家呢？

饮湖①上初晴后雨

〔宋〕苏轼

水 光 潋 滟② 晴 方 好③，

山 色 空 蒙④ 雨 亦 奇 。

欲 把 西 湖 比 西 子⑤，

淡 妆 浓 抹 总 相 宜⑥ 。

注释

①湖：杭州西湖。

②潋滟 (liàn yàn)：水面波光闪动的样子。

③方好：正显得很美。

④空蒙：迷茫缥缈的样子。

⑤西子：西施，春秋时代越国有名的美女。

⑥相宜：显得很合适，十分自然。

大意

在灿烂的阳光照耀下，西湖水微波粼粼，波光艳丽，看起来很美；雨天时，在雨幕的笼罩下，西湖周围的群山迷迷茫茫，若有若无，也显得非常奇妙。

如果把西湖比作美人西施，那么无论淡妆还是浓抹都显得十分适宜。

浪淘沙①（其一）

[唐] 刘禹锡

九 曲② 黄 河 万 里 沙③，
浪 淘 风 簸④ 自 天 涯⑤。
如 今 直 上 银 河 去，
同 到 牵 牛 织 女⑥ 家。

注释

①浪淘沙：刘禹锡、白居易创立的唐教坊曲名，后为词牌名。

②九曲：自古相传黄河有九道弯。

③万里沙：黄河在流经各地时挟带大量泥沙。

④浪淘风簸：黄河卷着泥沙如大风滚动的样子。

⑤自天涯：来自天边。

⑥牵牛织女：隔着银河的两颗星。牵牛即传说中的牛郎。

大意

万里黄河弯弯曲曲挟带着泥沙，波涛滚滚如天边大风席卷而来。

如今好像要沿着黄河径直到银河去，让我们一起去寻访牛郎织女的家。

03. 万物有灵

今天我们要谈的"万物有灵"强调的是"诗人通过观察物体而获得的作诗灵感"。在语文课上，老师还告诉我们，这类古诗叫作"咏物诗"。咏物诗中的"物"有时候与诗人的思想融合在一起，有时候寄托了诗人的某种情感，有时候能够反映出诗人的生活情趣。根据统计，《全唐诗》中的咏物诗就有六千多首，可见古人对"物"的思考是不遗余力的。

诗仙李白留下来的近千首诗歌中，有为数不少的名篇佳作都与月亮有关。你看，他在月光下思念家乡（《静夜思》），借着月光喝酒（《月下独酌（其一）》），甚至在月光下起舞（《月下独酌（其一）》）。

月下独酌（其一）（节选）

花间一壶酒，

独酌无相亲。

举杯邀明月，

对影成三人。

> **知识小达人**
>
> 月亮的别称有哪些?
>
> 古时候，月亮又称为太阴、玄兔、婵娟、玉盘、玉钩、玉镜、冰镜、广寒宫、嫦娥、玉羊等。

李白的想象力实在是太丰富了，有时候简直到了令人咋舌的地步。他说庐山瀑布是飞落下来的银河；他赞叹楼高，说在上面可以直接跟神仙做邻居；他说雪花太大了，一片就能吹倒城墙；他说蜀道太难走了，简直比登天还难；他说自己太愁了，白头发长到了三千丈……你看，丰富的想象力在诗歌创作中多么重要。所以，请放任自己大胆想象吧！因为在文学这一领域，想象是没有边际的。但是，在生活中说话和做人可不能太离谱。

秋浦歌

白发三千丈，缘愁似个长。
不知明镜里，何处得秋霜。

在古诗词里，月亮可以说是雅俗共赏的景物，很多诗人的诗中都有月亮的影子。说到这里，我们就不得不佩服中国人的聪明才智和语言的博大精深啦！因为那么多的"月亮"中，几乎没有完全一样的。与李白处于同时代的宰相张九龄，也是很喜欢观赏月亮的。

张九龄的父亲是个渔民。一天，他打到了一条几十斤重的九鲮鱼，那鱼的眼睛一眨一眨的好像在流泪。张九龄的妈妈觉得它十分可怜，就将它放走了。此后不久，张九龄的妈妈便怀孕了。孩子生下来后，她看着孩子那双水汪汪的眼睛觉得眼熟，回忆了半天想起了那天的九鲮鱼，她想一定是那条鱼投胎报恩来了。于是夫妇俩就给这个孩子取名为"九鲮"（后改为"九龄"）。

张九龄官至宰相，是一位有胆识、有远见的政治家。唐玄宗被李林甫的谗言所惑，免去了张九龄的参知政事一职，张九龄因此还乡。临走前，张九龄送给唐玄宗三件礼物：一把伞、一杆秤和一只米升。唐玄宗问："你给我这些玩意儿是什么意思？"张九龄解释道："若天有不测风云，陛下可以用这把伞遮风避雨。若他日陛下想我了，可以去我的家乡找我。如果我不在家，您就顺着水找我。看到两江交汇的地方，您就用米升量水，再称一称，哪边的水重，您就走哪边，肯定能找到我。"由此可见君臣感情之深。一年多后，唐玄宗果然派人去请张九龄回京做官，但被张九龄拒绝了。张九龄病逝后，唐玄宗伤心地流下了眼泪。

　　张九龄还是一位知人善任的伯乐，为朝廷发掘了不少人才。比如孟浩然、王维等人，都曾受到他的帮助。据史书记载，张九龄是一位举止优雅、气度不凡的绅士，他去世后，唐玄宗对宰相推荐的人才，总会问一句："他有没有张九龄的风度哇？"直至今天，张九龄依然让我们仰慕、尊崇。

知识小达人

参知政事是什么官？

在唐代，参知政事是一种头衔。有了这种头衔的人可以进入政事堂参与讨论朝政，是"宰相群"中的一员。

望月怀远

海上生明月，天涯共此时。

情人怨遥夜，竟夕起相思。

灭烛怜光满，披衣觉露滋。

不堪盈手赠，还寝梦佳期。

张九龄的才华有多么出众，通过他参加科举考试这件事就能知道。张九龄参加科举考试那年一举中第，但主考官沈佺期被指控受贿。于是，皇帝武则天命中书令李峤主持重考。李峤的才华也是出了名的，与苏味道、杜审言、崔融合称"文章四友"。李峤亲自阅卷，依然给了张九龄一个高分。李峤后来官至宰相，关于他的故事也很多。

风

解落三秋叶，

能开二月花。

过江千尺浪，

入竹万竿斜。

李峤小时候曾做过一个梦，梦到一位
神人送给他两支笔，从此他学习有如神助。
后世用"双笔"比喻才华横溢。

长大后，李峤的学习从不用母亲操心，
但李母却为其他事忧愁。原来李峤家里有
兄弟五人，其他人都不到三十岁就去世了，
李母担心李峤也是如此，就请相士袁天罡
来看相。

袁天罡看完后，认为李峤活不过三十岁。李母很害怕，
让相士再看看李峤睡觉时的样子。第二天，袁天罡对李母说：
"放心吧，你儿子睡觉时用耳朵呼吸，这叫龟息，他肯定能
长寿的。"果然，李峤活到将近七十岁，官至宰相。

古人观察万物上至日月星辰，下至山川河流，但其中观察得最多的还是人们常见的事物。

有一次，唐代文学家罗隐考进士又没中，他很失望地往家走。路上，他经过一片农田，看到农民们在田里耕种十分辛苦。而此时，恰巧有一只蜜蜂嗡嗡嗡地从他眼前飞过。罗隐看了看蜜蜂，又看了看农民，觉得这两者之间有相似之处。哪里像呢？你看下面这首诗：

蜂

不论平地与山尖，无限风光尽被占。

采得百花成蜜后，为谁辛苦为谁甜？

　　罗隐原来不叫这个名字，而叫"罗横"。改名的原因说起来有点好笑，是他考了十几次进士都没中，郁闷至极就改了名字。他心想："考不上我就当个隐士。"这件事史称"十上不第"。不过好在最终他还是考上了。

　　说起罗隐，他的童年其实蛮苦的，父母双亡，他与祖母相依为命。

　　罗隐虽然童年不幸，但自小天资聪颖，年少时就声名远扬，很多人大老远跑到他家，求他写一首诗。大家都笃定，这样的才子考科举肯定一考就中。可谁知，他的科举之路让人很是疑惑。不过这也不难理解，因为在晚唐时期，想要做官不是只有考试一条路，这样留给才子的机会就少了很多。而且，大唐的朝廷竟然还是个"外貌协会"，科举选拔对学生的长相还有一定要求，而罗隐偏偏长得不好看，真是很无奈。

知识小达人

如果生在唐朝，做官有几种途径？

第一，文科生，参加科举考试。第二，武科生，当个小兵守边疆、建功业。第三，做谋士，进入幕府之中成为"顾问"。第四，大作家给皇帝写诗、写文，这叫"献赋求仕"。第五，遍访国内的达官贵人，这叫"漫游"。第六，被官员举荐。第七，受皇帝喜欢，被直接授予官职。第八，当个出名的隐士，可能会被当权者赏识。

民间还传说，罗隐是"讨饭骨头圣旨口"，意思是罗隐家境贫寒但说话总能应验。这话从何而来呢？

原来，罗隐的祖母常常向左邻右舍借米借盐。时间久了，邻居们见有借无还就不借了。罗隐的祖母常常气得一边做饭一边数落那些没有同情心的邻居们。她说："张大花不借米，一遭。李大个不借油，一遭。"灶王爷把"一遭"误听为"一刀"，实在吓得不轻，心想人家不借东西怎么还要给人"一刀"呢？或许灶王爷听不懂罗隐的家乡话，或许他年纪太大耳朵不灵，总之，他去向玉皇大帝告状了。

不借！

借点米呗？

玉帝一听，将罗隐的"龙骨"拆了，却给罗隐留下了一张说什么都能应验的嘴巴，这便是"讨饭骨头圣旨口"。其实，罗隐言出必中，只是因为他的经验丰富，逻辑推理能力较强罢了。

可别以为写诗作赋是大人们才能做的事儿，其实在古代，十岁出头便能作诗的小孩可不少。

传说有一次，一个十二岁的小男孩来到了一座石灰窑前，看见师傅们正在煅烧石灰。青黑色的山石经过高温焚烧后，都变成了白色的石灰。他略加思索之后提笔写下一首《石灰吟》。

这个小孩儿叫于谦，《石灰吟》的后两句诗像座右铭一样，成为他一生的信念。长大后，他为官清正廉洁，还带领将士们击退了瓦剌的侵扰，保卫了北京城。《明史》称赞其"忠心义烈，与日月争光"。他与岳飞、张煌言并称"西湖三杰"。

石灰吟

千锤万凿出深山，
烈火焚烧若等闲。
粉骨碎身浑不怕，
要留清白在人间。

生活中不少事物有着鲜明的特性，只要我们细心观察，深入思考，就会获得不一样的启示和感悟。古人们对这些事物的思考形成了某些具体的意象，比如梅兰竹菊代表君子的高贵品格，杨柳、大雁代表思乡，啼猿、杜鹃代表悲凄忧思，夕阳、流水代表怀古和岁月流逝……万物中的"灵性"正等待你用一双慧眼去发现。

知识小达人

意象

"意象"是古诗词中的一个重要概念。"意"是指内在的抽象的心意，"象"是指外在的具体的表现。古人要表达心意往往要借助具体的"象"，寓情于景、托物言志都是这样的艺术技巧。

秋 浦^① 歌

〔唐〕李白

白发^②三千丈，
缘^③愁似个^④长。
不知明镜^⑤里，
何处得^⑥秋霜^⑦。

注释

①秋浦：唐时属池州郡。故址在今安徽贵池区。

②白发：白头发。亦指老年。

③缘：因为。

④个：如此，这般。

⑤明镜：明亮的镜子。

⑥何处：哪里，什么地方。

⑦秋霜：形容头发白如秋霜。

大意

白发长达三千丈，是因为忧愁才长得这样长。对着明亮的镜子，不知为何会有这么多如秋霜般的白发。

月下独酌^①（其一）（节选）

〔唐〕李白

花间^②一壶酒，独酌无相亲^③。
举杯邀明月，对影成三人。

注释

①独酌：一个人饮酒。酌，饮酒。
②间：一作"下"，一作"前"。
③无相亲：没有亲近的人。

大意

提一壶美酒摆在花丛间，自斟自酌无友无亲。
举起酒杯招引明月共饮，明月和我以及我的影子刚好凑成三人。

望月怀远①

[唐] 张九龄

海 上 生 明 月，

天 涯 共 此 时。

情 人② 怨 遥 夜③，

竟 夕④ 起 相 思。

灭 烛 怜⑤ 光 满，

披 衣 觉 露 滋⑥。

不 堪 盈 手 赠，

还 寝 梦 佳 期。

注释

①怀远：怀念远方的亲人。

②情人：多情的人，指作者自己，一说指亲人。

③遥夜：长夜。

④竟夕：终宵，即一整夜。

⑤怜：爱。

⑥滋：湿润。

大意

茫茫的海上升起一轮明月，此时你我天各一方共相望。

有情之人都怨恨月夜漫长，整夜不眠而把亲人思念。

熄灭蜡烛怜爱这满屋月光，我披衣徘徊深感夜露寒凉。

不能把美好的月色捧给你，只望能够与你相见在梦乡。

风

[唐] 李峤

解^①落 三 秋^②叶 ，

能 开 二 月^③ 花 。

过^④ 江 千 尺 浪 ，

入 竹 万 竿 斜^⑤ 。

注释

①解：解开，这里指吹。

②三秋：农历九月，指秋天。

③二月：农历二月，指春天。

④过：经过。

⑤斜：倾斜。

大意

能吹落秋天的树叶，能催开春天的鲜花。

刮过江面能掀起千尺巨浪，吹进竹林能使万竿倾斜。

石 灰 吟

［明］于谦

千 锤 万 凿^① 出 深 山 ，

烈 火 焚 烧 若 等 闲^②。

粉 骨 碎 身 浑^③ 不 怕 ，

要 留 清 白^④ 在 人 间^⑤。

注释

①千锤万凿：无数次的锤击开凿，形容开采石灰非常艰难。千、万，虚词，形容很多。锤，锤打。凿，开凿。

②若等闲：好像很平常的事情。若，好像、好似。等闲，平常，轻松。

③浑：全。

④清白：指石灰洁白的本色，又比喻高尚的节操。

⑤人间：人世间。

大意

石灰石要经过无数次的锤击开凿才能从深山里开采出来，它把熊熊烈火的焚烧当作很平常的一件事。

即使粉身碎骨也毫不惧怕，只要把高尚气节留在人世间。

蜂

[唐] 罗隐

不 论 平 地 与 山 尖①，
无 限 风 光② 尽 被 占③。
采④ 得 百 花 成 蜜 后 ，
为 谁 辛 苦 为 谁 甜 ？

①山尖：山峰。
②无限风光：极其美好的风景。
③占：占有，占据。
④采：采取，这里指采取花蜜。

大意
无论是在平地还是山峰，蜜蜂占尽了全部的美好风景。蜜蜂啊，你采尽百花酿成了花蜜，到底为谁付出辛苦，又想让谁品尝香甜呢？

04."诗"往何处

　　大家好！我是诗精灵"小诗"，这位是我的哥哥"小歌儿"，我俩一个能说，一个能唱，所以人们常常称呼我们为"诗歌"。我的家族十分庞大，戏剧、小说、散文等都是我的弟弟妹妹。人们把我们家族称呼为"文体"。我的年龄很大了，有几千岁。跟你们做朋友会让我永葆青春。

我的确喜欢交朋友，比如李白、杜甫、白居易、范仲淹、李商隐等，哎呀，真是不胜枚举。这本书里也写了不少我的好朋友的故事。偷偷告诉你，我可没少帮他们的忙。就说考试吧，只要我在他们的身边，他们保准顺利过关。所以，你也有些心动了吧！我交朋友有两个原则：第一，不喜欢整天看手机的；第二，不喜欢不读书的。如果你恰好不是这样的人，那可以到我经常去的地方找我哟。

我常去的地方有历史古迹。有一次我在乐游原的时候，碰巧遇到了才子李商隐。我陪着他在那里看夕阳，一直到天黑才回家。那次，李商隐写下了《登乐游原》。

李商隐不到十岁时，父亲就去世了。李商隐写得一手好字，因此他早年靠替别人抄书赚钱养家。后来，王茂元赏识他的才华，还将女儿许配给他。但这并不是什么好事，因为他的岳父是"李党"，而他的老师是"牛党"，这导致李商隐一辈子都在"牛李党争"的夹缝中生存，没当多大官，可惜了一身的才学。

登乐游原

向晚意不适，

驱车登古原。

夕阳无限好，

只是近黄昏。

　　幸运的是，李商隐与他的妻子王氏十分相爱。虽然李商隐因为工作不得不全国各地跑，但妻子始终理解他、支持他、鼓励他。这不仅让李商隐心情舒畅，还给了他不少灵感。妻子去世时，他十分难过。若干年后想起佳人，他还为亡妻写诗。据说那首著名的《锦瑟》就是悼念妻子的。下面还有一首《无题》也是李商隐的名篇。

此情可待成追忆，
只是当时已惘然。

无题

相见时难别亦难，东风无力百花残。

春蚕到死丝方尽，蜡炬成灰泪始干。

晓镜但愁云鬓改，夜吟应觉月光寒。

蓬山此去无多路，青鸟殷勤为探看。

还有一次我听说朋友刘禹锡写了一首《乌衣巷》，就去金陵（今南京）逛了逛。走进巷口，没有看见穿黑衣的人。打听了一下，才知道"乌衣巷"名称的由来还有几种不同的说法。有的人说，三国时期东吴军队曾驻扎在这里，他们穿着黑色的军服出入，因此人们称这个地方为"乌衣巷"。还有的人说，东晋时期贵族王家和谢家居住在这个巷子里，他们两家人为了彰显身份的尊贵，专门穿黑衣，所以大家称之为"乌衣巷"。还有一个传说，有一位叫王榭的商人娶了乌衣国的女子，将巷子取名为"乌衣巷"。

乌衣巷

朱雀桥边野草花，
乌衣巷口夕阳斜。
旧时王谢堂前燕，
飞入寻常百姓家。

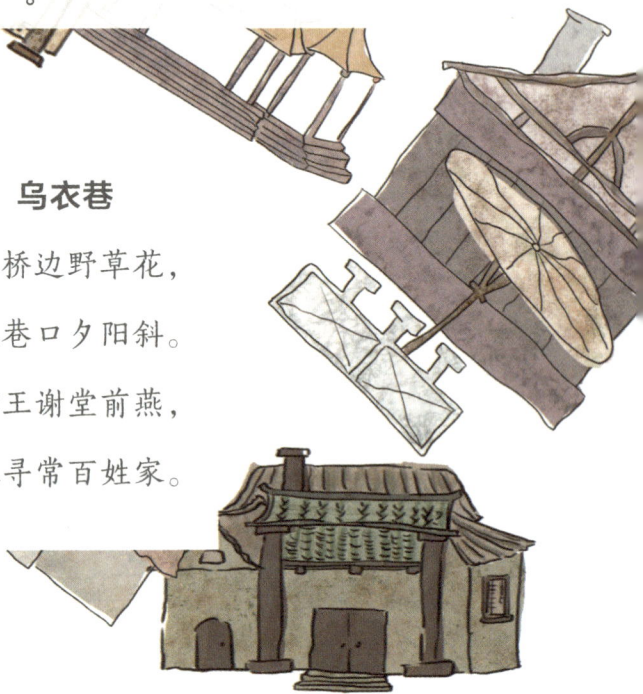

刘禹锡很喜欢自己的这首《乌衣巷》，白居易也很喜欢。白居易听到这首诗后，摇头晃脑地反复吟诵，不停地赞叹："好诗，好诗啊！"金陵也就是今天的南京，这里可不一般，"六朝金粉地，十里秦淮河"是它闪光的名片。

知识小达人

六朝古都

三国的吴，东晋和南朝的宋、齐、梁、陈都曾建都于南京，因此南京被称为"六朝古都"。到了隋朝，隋文帝认为此前的帝王定都南京，统治时间都很短，似乎是因为这里的人格外容易造反，于是下令将金陵城夷为平地。诗仙李白云游到此的时候，看到的便是"吴宫花草埋幽径，晋代衣冠成古丘"的悲凉场景。直到唐朝之后的五代十国时期，南京才逐步恢复发展。

偶尔我也喜欢凑个热闹，去看看歌舞表演。那是南宋时期的某一天，我在西湖边上看表演，遇到了一位叫林升的诗人。他看起来情绪低落，看表演也心不在焉。后来他回到了旅店，在旅店的墙壁上写下了这样的诗作：

题临安邸

山外青山楼外楼，

西湖歌舞几时休？

暖风熏得游人醉，

直把杭州作汴州。

知识小达人

南宋

公元 1127 年，金人攻陷北宋首都东京（今河南开封），俘虏了宋徽宗、宋钦宗两个皇帝。同年，康王赵构在应天府（今河南商丘）即位，后宋室南迁定都临安府（今浙江杭州），史称南宋。南宋朝廷并没有因亡国而发愤图强，反而屈膝投降，残害岳飞等爱国将领。

　　我在西湖边上遇到的朋友可真不少。比如苏轼任杭州通判的时候，闲暇时就去西湖游览。那天，他坐在船上看湖光山色，看够了就去望湖楼喝酒。他心情格外好，喝得有点醉。不过古人们就有这样的本领，醉了也完全不影响发挥。苏轼就趁着酒劲儿，一口气写下了五首诗。我们挑一首来欣赏一下：

六月二十七日望湖楼醉书

黑云翻墨未遮山，

白雨跳珠乱入船。

卷地风来忽吹散，

望湖楼下水如天。

题西林壁

横看成岭侧成峰，

远近高低各不同。

不识庐山真面目，

只缘身在此山中。

　　过了几年，苏轼仕途不顺，连连被贬。不过这也让他得以遍访名山大川。在去被贬之地的路上，苏轼途经庐山就顺便游览了一番。在登山的途中，他看着雄伟壮阔的庐山，思索片刻，有感而发。他想："看同一处景色，不同的人感受是完全不同的；站在不同的角度，所看到的也是不同的。"就这样，他一边欣赏着景色，一边琢磨出了一些哲理。你看，当我们去观察一些名人的人生轨迹时，总会在他们的才华和名声背后，看到隐藏着的苦难和艰辛。

现在我们出去旅游不过是拍拍照，吃吃特色美食，跟古人相比太没有情趣啦。古人通过各种方式把美景记录下来，要么作诗，要么画画，每一处景都不相同。今天的山西省永济市有一个鹳雀楼，自从王之涣在那里写了一首诗后，那里就成了后代文人"秀才华、斗功夫"的赛诗楼。王之涣到底写了怎样的诗呢？

登鹳雀楼

白日依山尽，

黄河入海流。

欲穷千里目，

更上一层楼。

85

　　有一些景致因秀美而吸引着文人前往，还有一些景致因文人的诗词而名满天下。苏州的枫桥和寒山寺便是后者。张继是唐朝的一位才子，留下的诗篇不足五十篇。尽管如此，他的一首《枫桥夜泊》还是成了中国历代唐诗学习的必选作品，连亚洲其他国家的人民都争抢着学习。现在去枫桥能不能看到渔火、听到乌啼，这不好说，但这首诗的意境真是绝美的。读着读着，就变成了一幅画。

枫桥夜泊

月落乌啼霜满天，

江枫渔火对愁眠。

姑苏城外寒山寺，

夜半钟声到客船。

　　我还喜欢跟着诗人一道去看望朋友。有时候他们很热闹，边吃饭边聊天，突然有了灵感他们就能写出佳作啦（比如李白写成《将进酒》）。有时候他们很安静，围绕着小房子散散步，聊聊天。王安石退休以后，到金陵的紫金山居住。他有个邻居叫杨德逢，别号湖阴先生，两人很谈得来，成了好朋友。这天王安石来找湖阴先生，看他把房屋打扫得干干净净，花草栽种得整整齐齐，一下来了灵感。手头没有纸笔怎么办呢？干脆就写在墙壁上吧。

书湖阴先生壁

茅檐长扫净无苔，

花木成畦手自栽。

一水护田将绿绕，

两山排闼送青来。

像这样写在墙上的诗叫"题壁诗"。题壁诗始于两汉时期，盛于唐宋。可能是唐代的文人格外有才华，在墙壁上写诗成了一种流行的风气。到了宋代，邮亭壁、驿墙、寺庙墙壁等处多见题壁诗，叫人目不暇接。就拿寒山寺来说吧，题壁诗达约六百首之多。题壁诗的好处就是方便，坏处就是不易保存。那些没有专门记录下来的诗，会随着墙壁的日益剥蚀而逐渐消失。

爱国诗人辛弃疾也来凑热闹，写了一首题壁诗。那是1175年至1176年间，辛弃疾任江西提点刑狱，经常到湖南、江西等地巡查。有一次，他来到造口，俯瞰着滔滔江水，思绪万千，于是在墙壁上写下了一首词：

菩萨蛮·书江西造口壁

郁孤台下清江水，中间多少行人泪。西北望长安，可怜无数山。　　青山遮不住，毕竟东流去。江晚正愁余，山深闻鹧鸪。

知识小达人

提点刑狱司

提点刑狱司（简称提刑司）是宋代由中央派到地方的"路"一级司法机构，简称"提刑司""宪司""宪台"。提刑司的主要职能包括监督所辖州府的司法审判事务、审核案卷、检查刑狱、举劾官员等。提点刑狱公事（简称提刑官）是提点刑狱司的长官。宋代最有名的提刑官叫宋慈，被称为"法医学之父"，著有《洗冤集录》。

如果你想得到我的灵感，只去那些地方是远远不够的，还得多看书。看的书不够多，即使我就在那里，你也看不见我。如果你经常读诗、背诗，那我就能听到你的声音，说不定哪天我就去找你做朋友啦。要记住，我是藏在历史里的"诗"，跟着我，你会认识很多人，了解很多有趣的故事，成长为像李白、杜甫、苏轼、贺知章那样的大诗人！

登 乐 游 原

〔唐〕李商隐

向 晚② 意 不 适③，

驱 车 登 古 原④。

夕 阳 无 限 好，

只 是 近⑤ 黄 昏。

注释

①乐游原：在长安（今西安）城南，是唐代长安城内地势最高地。

②向晚：傍晚。

③不适：不悦，不快。

④古原：指乐游原。

⑤近：快要。

大意

傍晚时分我心情不太好，便独自驱车登上了乐游原。这夕阳晚景的确十分美好，只不过已接近黄昏。

无题①

［唐］李商隐

相见时难别亦难，
东风②无力百花残③。
春蚕到死丝④方尽，
蜡炬⑤成灰泪⑥始干。
晓镜⑦但愁云鬓⑧改，
夜吟⑨应觉月光寒⑩。
蓬山⑪此去无多路，
青鸟⑫殷勤⑬为探看⑭。

注释

①无题：唐代以来，诗人不想表明主题时，常用"无题"作为诗的标题。

②东风：春风。

③残：凋零。

④丝：丝与"思"谐音，表达相思之意。

⑤蜡炬：蜡烛。

⑥泪：燃烧时的蜡烛油，这里指相思的眼泪。

⑦晓镜：早晨梳妆照镜子。镜用作动词，指照镜子。

⑧云鬓：女子多而美的头发，这里比喻青春年华。

⑨夜吟：夜间吟诗。

⑩月光寒：指夜渐深。

⑪蓬山：蓬莱山，传说中的海上仙山，这里借指对方的住处。

⑫青鸟：神话中为西王母传递音讯的信使。

⑬殷勤：情谊恳切深厚。

⑭探看（kàn）：探望。

> **大意**
>
> 相见很难，离别更难，何况在这东风无力、百花凋谢的暮春时节。
>
> 春蚕结茧到死时丝才吐完，蜡烛要烧成灰烬时像泪一样的蜡油才能滴干。
>
> 早晨梳妆照镜子，只担忧如云的鬓发改变颜色，容颜不再。长夜独自吟诗，必然感到月光清寒。
>
> 蓬莱山离这儿不算太远，却无路可通，烦请青鸟为我殷勤地去探看。

题临安①邸②

[宋] 林升

山 外 青 山 楼 外 楼，
西 湖③ 歌 舞 几 时 休④？
暖 风 熏⑤ 得 游 人 醉，
直⑥ 把 杭 州 作 汴 州⑦。

注释

①临安：南宋的都城，今浙江杭州。

②邸（dǐ）：旅店。

③西湖：杭州的著名风景区。

④几时休：什么时候休止。

⑤熏（xūn）：吹，用于温暖馥郁的风。

⑥直：简直。

⑦汴州：即汴梁，北宋的都城，今河南开封。

大意

远处青山叠翠，近处楼台重重，西湖的歌舞何时才会停止？

和煦的暖风使享乐的贵人们陶醉不已，他们简直是把偏安的杭州当成了昔日的汴京。

乌衣巷

[唐] 刘禹锡

朱雀桥①边野草花，

乌衣巷口夕阳斜。

旧时②王谢③堂前燕，

飞入寻常④百姓家。

注释

①朱雀桥：位于今南京市东南的一座桥，紧邻乌衣巷。唐代以后，乌衣巷沦为废墟。

②旧时：晋代。

③王谢：此处指晋代王、谢两大家族，唐朝以后衰落。

④寻常：平常。

大意

朱雀桥边长满野草野花，夕阳斜挂，乌衣巷口一派断壁残垣。

当年在王导、谢安檐下筑巢的燕子，如今已飞进寻常百姓家中。

竹枝词①（其一）

［唐］刘禹锡

杨柳青青江水平，
闻郎江上唱歌声。
东边日出西边雨，
道是无晴却有晴②。

题西林壁①

［宋］苏轼

横看②成岭侧③成峰，

远近高低各不同④。

不识⑤庐山真面目，

只缘⑥身在此山⑦中。

注释

①题西林壁：写在西林寺的墙壁上。题，题写。西林，指西林寺，在江西庐山脚下。

②横看：从山的正面看。

③侧：侧面。

④各不同：各不相同。

⑤不识：无法辨别。

⑥缘：因为。

⑦此山：这座山，指庐山。

大意

横看庐山是蜿蜒的山岭，侧看是险峻的高峰。从远近高低不同的视角观察，看到的庐山形态也各不相同。

之所以看不清庐山真正的面目，是因为我身处在庐山之中。

登鹳雀楼①

[唐] 王之涣

白日②依③山尽④，

黄河入海流。

欲⑤穷⑥千里目⑦，

更⑧上一层楼。

注释

①鹳（guàn）雀（què）楼：位于山西省永济县。

②白日：太阳。

③依：依傍，靠近。

④尽：落下。

⑤欲：希望、想要。

⑥穷：尽，使达到极点。

⑦千里目：眼界宽阔。

⑧更：再。

大意

夕阳依傍着山峦慢慢沉落，黄河朝着大海汹涌奔流。想要看到千里之外的风光，那就要再登上一层楼。

枫桥①夜泊②

［唐］张继

月 落 乌 啼③ 霜 满 天④，

江 枫⑤ 渔 火⑥ 对 愁 眠⑦。

姑 苏⑧ 城 外 寒 山 寺⑨，

夜 半 钟 声 到 客 船 。

注释

①枫桥：在今苏州市阊门外。

②夜泊：夜间把船停靠在岸边。

③乌啼：一说为乌鸦啼鸣，一说为乌啼镇。

④霜满天：形容天气寒冷。

⑤江枫：江边的枫树。

⑥渔火：渔船上的灯火。

⑦对愁眠：伴愁眠。

⑧姑苏：苏州的别称。

⑨寒山寺：枫桥附近的一座寺庙，相传唐代诗人寒山曾住于此。

大意

月亮已落下，乌鸦啼叫，寒气满天。江边的枫树与船上的渔火，伴着孤独的我忧愁而眠。

姑苏城外那寒山古寺，半夜里敲响的钟声传到了我乘坐的客船里。

书①湖阴先生②壁

[宋] 王安石

茅檐③长扫净④无苔，
花木成畦⑤手自栽。
一水护田⑥将绿绕，
两山排闼⑦送青来⑧。

注释

①书：书写，题诗。
②湖阴先生：本名杨德逢，隐居之士，是王安石退居江宁（今江苏南京）时的邻居。
③茅檐：茅屋檐下，这里指庭院。
④净：一说"静"。
⑤畦：这里指种有花木的一块块排列整齐的土地，周围有土埂围着。
⑥护田：这里指护卫、环绕着田园。
⑦排闼（tà）：推开门。闼，小门。
⑧送青来：送来绿色。

大意

由于经常打扫，茅舍庭院洁净得没有一丝青苔；花木成行成垄，都是主人亲自栽种的。庭院外一条小河环绕着大片碧绿的禾苗，两座山峰仿佛要推开门，给主人送上满山的青翠。

六月二十七日望湖楼①醉书②

[宋]苏轼

黑云翻墨③未遮④山，
白雨⑤跳珠⑥乱入船。
卷地风来⑦忽⑧吹散，
望湖楼下水如天⑨。

注释

①望湖楼：位于杭州西湖畔，又叫看经楼。

②醉书：醉酒时写下的作品。

③翻墨：打翻的黑墨水，形容云层很黑。

④遮：遮盖，遮挡。

⑤白雨：指夏日的阵雨在湖光山色的衬托下，显得白而透明。

⑥跳珠：跳动的水珠。

⑦卷地风来：指狂风席地卷来。

⑧忽：突然。

⑨水如天：形容湖面像天空一样开阔而平静。

大意

翻滚的乌云像泼洒的墨汁，还没有完全遮住山峦，白花花的雨点似珍珠般乱蹦乱跳窜上船。忽然间卷地而来的狂风吹散了满天的乌云，望湖楼下的湖水与天连成一片。

菩萨蛮① · 书江西造口②壁

[宋] 辛弃疾

郁孤台③下清江④水，中间多少行人泪。西北望长安⑤，可怜⑥无数山。　　青山遮不住，毕竟东流去。江晚正愁余⑦，山深闻鹧鸪⑧。

注释	
	①菩萨蛮：词牌名。
	②造口：一名皂口，在今江西万安南六十里处。
	③郁孤台：今江西赣州西北，又称望阙台。
	④清江：赣江与袁江合流处，旧称清江。这里指赣江。
	⑤长安：今陕西西安，为汉唐故都。这里指沦于敌手的宋国都城汴京。
	⑥可怜：可惜。
	⑦愁余：使我发愁。
	⑧鹧鸪：鸟名，啼声凄苦。

大意

郁孤台下这赣江的流水中，有多少苦难之人的眼泪。

我举头远眺西北的长安，可惜只看到无数青山。但青山怎能挡住江水？浩浩江水终向东流去。

江边日晚我愁绪满怀，听到深山里传来鹧鸪的悲鸣。

该往哪边走呢？

05. 从前的童趣

　　小朋友，你还记得小时候喜欢玩的游戏和心爱的玩具吗？现今，我们的物质生活很丰富，玩具也五花八门，搭建类的、益智类的、图画类的，多种多样。可是在古代，孩子们没有这么多的玩具，那他们以什么为乐呢？

　　有很多喜欢孩子的诗人，他们就观察孩子们玩什么，发现孩子们的童年充满了童趣。

　　有一次，一位叫胡令能的人去农村找朋友玩。夏天的农村风景优美，空气清新，环境幽静，胡令能欣然前往。走到一个岔路口时，他有些犹豫，不知该往左走还是往右走。

这时，他看见池塘边有一个小孩儿在钓鱼。那孩子头发乱蓬蓬的，坐在青草丛中，不细看都不能发现他。胡令能想，这孩子肯定是附近村子里的，应该知道怎么走。于是便向那孩子走去。孩子听到脚步声，老远就向他摆手，意思是叫他别过来，别吓跑了鱼儿。胡令能只好站在原地等着。不过等待的时候他也没闲着，琢磨出了一首诗。等了好久，孩子把这条鱼钓上来了，才问他有什么事。

小儿垂钓

蓬头稚子学垂纶，

侧坐莓苔草映身。

路人借问遥招手，

怕得鱼惊不应人。

　　胡令能因为这首诗而被我们熟知，但事实上，他留下来的诗并不多。胡令能这个人很有意思，年轻的时候，以修补锅碗瓢盆为生，是个正儿八经的手艺人，人称"胡钉铰"。他读书也很勤奋，常有奇思妙想。据说，胡令能曾做过一个梦，梦见一位白胡子老爷爷把一卷诗书塞到了他的肚子里，睡醒之后他便能口吐珠玑、吟诗作对了。胡令能一生都没做过官，这在古代的文人中是很少见的。我们把这样的人称为"隐士"。

　　像胡令能这样的"隐士"还真不少。比较著名的有庄子、鬼谷子、张良、司马徽、陶渊明等，没有留下著作的隐士那就更多了。他们有的是"隐"一时，有的是"隐"一世。他们有的是先当官，再隐逸，比如陶渊明；有的是一边当官，一边隐居，比如王维。

不当官不代表不劳动哟！

只在此山中，云深不知处。

无丝竹之乱耳，

无案牍之劳形

知识小达人

什么是"隐士"？

　　"隐士"就是隐居之人，他们始终保持着独立的人格，追求思想自由，不攀附权贵，且具有超凡的学识，遵从内心的想法不去当官。

当了大官又归隐田园的诗人也不少，比如这位出生于正月初一的名叫张龟龄的才子。据说，她的妈妈在生他前曾梦见一位神仙给她灵龟吞服，因此给他取名"龟龄"。

　　在很多人的眼中，"童趣"就是捕鱼、捉虫、堆雪人等。而对于小龟龄来说，读书、写字、作诗才是"童趣"。据说，他三岁能读书，六岁会写诗，十六岁的时候，就明经及第，是名副其实的"神童"。弱冠之年，张龟龄太学毕业，太子李亨赐给他"张志和"这个名字，对他十分器重。

有一次，张志和回家省亲，偶遇强盗，于是热心地协助地方官一举消灭强盗团伙。家乡人听说了，都称他为"神张"。

知识小达人

古代那些关于年龄的叫法

孩提：一般指两三岁的儿童。

垂髫：一般指三至七八岁的儿童。

总角：一般指九至十四岁的孩子。这时孩子的头发分为左右两半，在头顶各扎成一个结。

豆蔻：一般指十三四岁的女子。

束发：一般指男子十五岁。这时候男子将两个总角束成一个发髻。

及笄：指女子十五岁。这时候女子把头发扎在一起，用笄贯之。在古代这是女子的结婚年龄。

弱冠：指男子二十岁。

而立：指人三十岁。

不惑：指人四十岁。

知命：指人五十岁。

花甲、耳顺：指人六十岁。

古稀：指人七十岁。

耄耋（mào dié）：指人八九十岁。

期颐：指人一百岁。

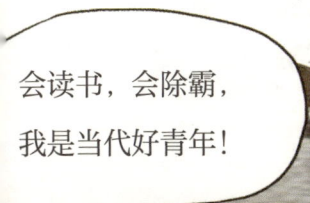

会读书，会除霸，我是当代好青年！

　　唐肃宗即位后，封二十四岁的张志和为左金吾卫大将军。那时候唐朝与边境的回纥摩擦不断，唐肃宗急于收复京师，答应了回纥的条件。张志和一直劝说唐肃宗收回成命，但皇帝不听。张志和的唠叨让唐肃宗心烦，于是皇帝找了个理由把张志和降了职。张志和二十六岁那年，他的父亲去世了，他以守丧为由辞了官。为父亲守丧刚满三年，他的妻子又去世了。失去了挚亲的张志和彻底打消了当官的念头，来到西塞山当起了渔翁，自号"烟波钓徒"，开始了隐居生活。

找"烟波钓徒"

请往左拐

张志和选择的这个地方依山傍水，大小河流湖泊众多。他的日常生活就是钓鱼，自己吃点再卖点，生活过得悠闲安乐。

渔歌子

西塞山前白鹭飞，

桃花流水鳜鱼肥。

青箬笠，绿蓑衣，

斜风细雨不须归。

不过，他的悲剧也是因为水。一天，张志和买了点下酒菜，喝了一壶小酒后，扛着鱼竿、提着小桶去钓鱼。酒劲儿一上来，他感到头晕目眩，一头栽倒在水中，溺水而亡，年仅四十二岁。

以读书为"童趣"的诗人还有王勃。王勃六岁时就能写文章，九岁读《汉书注》时就能指出书中的错误，十岁时用一个月的时间就通读六经，十六岁时便高中科举。王勃曾在沛王李贤身边做侍读。李贤喜欢斗鸡，王勃不仅不阻止，反而跟他一起玩儿。李贤的父亲唐高宗很生气，罢免了王勃的官职。

送杜少府之任蜀州

城阙辅三秦，风烟望五津。

与君离别意，同是宦游人。

海内存知己，天涯若比邻。

无为在歧路，儿女共沾巾。

后来，王勃在朋友凌季友的帮助下，在虢州谋得一个参军之职。其间，一个叫曹达的官奴犯了罪，请求王勃把他藏起来。王勃一时心软就答应了。不过此后他整天提心吊胆，生怕这件事被别人知道。终于有一天，王勃失手将曹达杀死了。

当时正遇朝廷大赦，王勃没有被判死刑，只坐了一年牢。不过，他的父亲因为这件事被贬到蛮荒之地做官。出狱后，王勃辗转去看望父亲。走了半年多，他终于见到了生活困窘的父亲。那时候，他为自己的行为深深懊悔。

王勃逗留了数日便辞别了父亲。返程时王勃乘坐的小船在南海遇到了风浪。王勃不幸溺水，最终惊悸而死，年仅二十六岁。

在我国古代，有条件的农民家中都会饲养耕牛。与单纯的人力耕种相比，牛拉着铁犁耕地可以大大提高工作效率。一个人三天才能干完的活儿，在牛的帮助下，一天就干完了。所以呀，牛是我们的好朋友。孩子小的时候，不能耕地，但是可以帮助大人放牛。孩子嘛，肯定是一边放牛一边玩儿。不信你看：

所见

牧童骑黄牛，歌声振林樾。

意欲捕鸣蝉，忽然闭口立。

什么是放牛?

就是带着牛去山上吃草哇!

最早的时候，牛并不是用来耕地的，而是用来作"牺牲"（祭祀的祭品）的，关于这一点，我们从字的偏旁部首就能看明白。到了春秋时期，牛才被用来帮农民耕地。此外，牛也可以用来驾车，牛车虽然没有马车快，但牛车更稳当。白居易写的那篇《卖炭翁》中，卖炭老人驾驶的就是一辆牛车。

中国老百姓对牛很有好感，往往把它同勤劳刻苦、无私奉献的精神联系在一起。比如，宋代爱国将领李纲在《病牛》中写道："但得众生皆得饱，不辞羸病卧残阳。"鲁迅先生也有"俯首甘为孺子牛"的名句。

随着科学技术的发展，月亮的神秘面纱被人类揭开。我们现在已经知道，月亮上既没有广寒宫，也没有嫦娥和玉兔。但古时候的人并不是很清楚，小孩子们就更不知道啦。因此，小孩儿总喜欢看月亮（大人也喜欢），总希望自己的眼力好，能看出点什么门道。就算是大诗人李白，在小时候也总看着月亮发呆。那时候他一会儿把月亮称为"白玉盘"，一会儿又觉得那是一面飞上天的镜子。不管怎么说，我们不得不佩服大诗人的想象力。

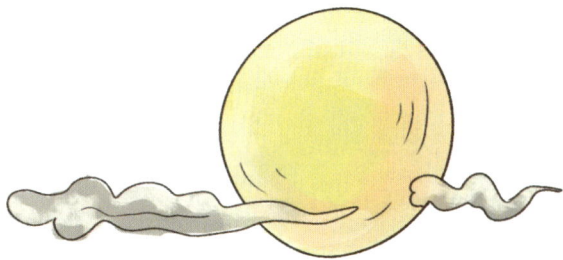

古朗月行（节选）

小时不识月，

呼作白玉盘。

又疑瑶台镜，

飞在青云端。

寻隐者不遇

松下问童子，

言师采药去。

只在此山中，

云深不知处。

肯定有人纳闷儿，做学生有什么意思呀？其实做学生很有意思呀！古代的学生，除了要跟着老师学习文化课之外，还要进行实践，"言传身教"就是这么来的。比如有个小朋友就很有福气，他的老师是位药学家，但是这个小朋友是谁，还有待考究。感兴趣的你可以去做这方面的历史研究哟。

《寻隐者不遇》这首诗写得妙，但作者究竟是贾岛还是孙革，大家的意见还不一致。这也提醒了我们，写诗作画交作业答卷子，千万要写上名字，否则，千年之后又成一桩疑案了！

小 儿 垂 钓

［唐］胡令能

蓬 头^① 稚 子^② 学 垂 纶^③，

侧 坐 莓^④ 苔^⑤ 草 映^⑥ 身 。

路 人 借 问^⑦ 遥 招 手 ，

怕 得 鱼 惊^⑧ 不 应^⑨ 人 。

| 注释 | ①蓬头：头发乱蓬蓬的，形容小孩可爱。
②稚子：年龄小的、懵懂的孩子。
③垂纶：钓鱼。纶，钓鱼用的丝线。
④莓：一种野草。
⑤苔：苔藓植物。
⑥映：遮映。
⑦借问：向人打听。
⑧鱼惊：鱼儿受到惊吓。
⑨应：回应，答应，理睬。 | 大意 | 一个可爱的小孩儿在河边学钓鱼，他侧坐在青苔上，绿草遮映着他的身影。
听到路人问路，他远远地摆了摆手，生怕惊动了鱼儿。 |

渔 歌 子①

［唐］张志和

西塞山②前白鹭③飞，
桃花流水④鳜鱼⑤肥。
青箬笠⑥，绿蓑衣⑦，
斜风细雨不须⑧归。

注释

①渔歌子：词牌名，原为唐教坊名曲。
②西塞山：今浙江省湖州市西面。
③白鹭：一种白色的水鸟。
④桃花流水：桃花盛开的季节正是春水上涨的时候，俗称桃花汛或桃花水。
⑤鳜（guì）鱼：淡水鱼，江南又称桂鱼，肉质鲜美。
⑥箬（ruò）笠：用竹叶或竹篾做的斗笠。
⑦蓑（suō）衣：用草或棕麻编成的雨衣。
⑧不须：不一定要。

大意

西塞山前的白鹭在自由地飞翔，江边桃花盛开，春水初涨，水中鳜鱼肥美。
渔翁头戴青色的斗笠，身披绿色的蓑衣，在斜风细雨中悠然垂钓，乐而忘归。

送杜少府①之②任蜀州③

［唐］王勃

城阙④辅⑤三秦⑥，风烟⑦望五津⑧。

与君⑨离别意，同⑩是宦游⑪人。

海内⑫存知己，天涯⑬若比邻⑭。

无为⑮在歧路⑯，儿女共沾巾⑰。

注释	
	①少府：官名。
	②之：到、往。
	③蜀州：今四川崇州。
	④城阙（què）：城楼，指唐代都城长安。
	⑤辅：护卫。
	⑥三秦：指长安城附近的关中之地，今陕西潼关以西一带。项羽破秦后把关中分为三区，分别封给三个秦国的降将，所以称三秦。
	⑦风烟：在风烟迷茫之中。
	⑧五津：指岷江的五个渡口，即白华津、万里津、江首津、涉头津、江南津，这里代指蜀州。
	⑨君：对人的尊称，相当于"您"。
	⑩同：一作"俱"。

注释

⑪宦（huàn）游：出外做官。
⑫海内：四海之内，即全国各地。古代人认为我国疆土四周环海，所以称天下为四海之内。
⑬天涯：天边，这里比喻极远的地方。
⑭比邻：近邻。
⑮无为：无须、不必。
⑯歧（qí）路：岔路。古人送行常在大路分岔处告别。
⑰沾巾：泪水沾湿衣服，意思是挥泪告别。

大意

三秦之地护卫着巍峨的长安，透过那风云烟雾遥望着蜀川。
与你离别心中怀着无限情意，因为我们同是在宦海中沉浮的人。
四海之内有知心朋友，即使身在天边，心也紧靠在一起。
我们可不要在岔路口分手之时，像多情的少男少女那样悲伤得泪湿衣襟。

寻^①隐者^②不遇^③

〔唐〕贾岛

松 下 问 童 子^④，
言^⑤师 采 药 去 。
只 在 此 山 中 ，
云 深^⑥不 知 处^⑦。

注释

①寻：寻访。
②隐者：隐士，隐居在山林中的人。
③不遇：没有见到。
④童子：未成年的小孩，此处指"隐者"的弟子、学生。
⑤言：回答，说。
⑥云深：指山上的云雾。
⑦处：行踪，所在。

大意

苍松下询问年少的学童，他说师傅已经去山中采药了。只知道师傅就在这座大山里，可山中云雾缭绕，寻不到他的行踪。

所 见

［清］袁枚

牧 童^① 骑 黄 牛 ，
歌 声 振^② 林 樾^③ 。
意 欲^④ 捕^⑤ 鸣^⑥ 蝉 ，
忽 然 闭 口 立^⑦ 。

注释

①牧童：指放牛的孩子。
②振：振荡，回荡。说明牧童的歌声嘹亮。
③林樾（yuè）：指道路两旁成荫的树。
④欲：想要。
⑤捕：捉。
⑥鸣：叫。
⑦立：站立。

大意

牧童骑在黄牛背上，嘹亮的歌声在林间回荡。
忽然想要捕捉树上鸣叫的知了，于是立刻停止唱歌，静悄悄地站立在树旁。

古 朗 月 行 （ 节 选 ）

[唐] 李白

小 时 不 识 月 ，

呼 作①白 玉 盘②。

又 疑③瑶 台④镜 ，

飞 在 青 云 端 。

| 注释 | ①呼作：称为。
②白玉盘：指晶莹剔透的白盘子。
③疑：怀疑。
④瑶台：神话传说中神仙居住的地方。 | 大意 | 小时候不认识月亮，把它称为白色的玉盘。
又怀疑它是瑶台中的仙镜，飞到了夜空的青云之上。 |

姓名：杜牧

祖籍：京兆万年（今陕西西安）

生卒年：803—853

字号：字牧之，号樊川居士

代表作：《山行》等

名句：停车坐爱枫林晚，

　　　霜叶红于二月花。

杜牧

白居易

姓名：白居易

祖籍：其先太原（今山西太原）

生卒年：772—846

字号：字乐天，号香山居士

代表作：《钱塘湖春行》等

名句：几处早莺争暖树，

　　　谁家新燕啄春泥。

姓名：柳宗元

祖籍：河东解（今山西运城西南）

生卒年：773—819

字号：字子厚

代表作：《江雪》等

名句：千山鸟飞绝，

万径人踪灭。

柳宗元

姓名：朱熹

祖籍：徽州婺源（今江西婺源）

生卒年：1130—1200

字号：字元晦，一字仲晦，号
晦庵

代表作：《春日》等

名句：等闲识得东风面，
万紫千红总是春。

朱熹

姓名：范成大

祖籍：苏州吴县（今江苏苏州）

生卒年：1126—1193

字号：字致能，号石湖居士

代表作：《夏日田园杂兴》等

名句：无力买田聊种水，

　　　近来湖面亦收租。

范成大

姓名：贺知章

祖籍：越州永兴（今浙江杭州）

生卒年：659—约744

字号：字季真，号四明狂客

代表作：《咏柳》等

名句：不知细叶谁裁出，

　　　二月春风似剪刀。

贺知章

姓名：王勃

祖籍：绛州龙门（今山西河津）

生卒年：约 650—676

字号：字子安

代表作：《送杜少府之任蜀州》等

名句：海内存知己，

天涯若比邻。

王勃

姓名：王之涣

祖籍：并州晋阳（今山西太原）

生卒年：688—742

字号：字季凌

代表作：《登鹳雀楼》等

名句：欲穷千里目，

更上一层楼。

王之涣

图书在版编目（CIP）数据

藏在历史里的古诗词 . 4 / 刘鹤著；麦芽文化绘
. — 成都：四川教育出版社，2021. 6

ISBN 978-7-5408-7593-0

Ⅰ . ①藏… Ⅱ . ①刘… ②麦… Ⅲ . ①古典诗歌—中
国—中小学—课外读物 Ⅳ . ① G634.303

中国版本图书馆 CIP 数据核字 (2021) 第 115507 号

CANG ZAI LISHI LI DE GU SHICI 4

藏在历史里的古诗词 4

刘鹤◎著　麦芽文化◎绘

出 品 人	雷　华	
责任编辑	任　舸	
责任校对	晏昭敏	
封面设计	松　雪	
出版发行	四川教育出版社	
	地　　址	成都市黄荆路 13 号
	邮政编码	610225
	网　　址	www.chuanjiaoshe.com
印　　刷	河北鹏润印刷有限公司	
版　　次	2021 年 6 月第 1 版	
印　　次	2021 年 6 月第 1 次印刷	
开　　本	710mm×1000mm　1/16	
印　　张	8	
书　　号	ISBN 978-7-5408-7593-0	
定　　价	128.00 元（全 4 册）	

如发现印装质量问题，请与本社联系调换。电话：(028) 86259381
营销电话：(028) 86259605　邮购电话：(028) 86259605　编辑部电话：(028) 85623358